Psalm 91,1-2

יֹשֵׁב בְּסֵתֶר עֶלְיוֹן
בְּצֵל שַׁדַּי יִתְלוֹנָן׃
אֹמַר לַיהוָה
מַחְסִי וּמְצוּדָתִי אֱלֹהַי
אֶבְטַח־בּוֹ׃

sitzend im Schutz Eljons,
im Schatten Schaddais er hat geruht,
ich werde sagen zu Jahwe:
mein Refugium und meine Stärke,
meine Gottheit
ich werde vertrauen in ihn

Copyright © 2015 by Heinz-Josef van Ool
Alle Rechte vorbehalten.
Herstellung und Verlag:
BoD - Books on Demand, Norderstedt
ISBN 978-3-7347-9178-9

Heinz-Josef van Ool

mit
anderen
augen

**Geschichten
um
biblische Personen
und Orte**

Der Autor:

Heinz-Josef van Ool gehört dem Jahrgang 1953 an, lebt in Mönchengladbach, ist verheiratet und Vater dreier Söhne.

Als Diplom-Verwaltungswirt arbeitete er bei der Stadt Mönchengladbach.

Seit Mitte der 90er Jahre befasst er sich mit der Bibel, speziell dem Alten Testament.

Dafür lernte er sogar Alt-Hebräisch.

1998, 2000, 2007 und 2012 unternahm er Studienreisen nach Israel, Jordanien und Syrien.

In der Folge dieser Reisen und der tiefgründigen Beschäftigung mit der Thematik hat der Autor zusammen mit diesem Titel bereits mehrere interessante Bücher – Romane und Erzählungen – veröffentlicht.

Vorwort

Es bedeutet für mich immer wieder eine Herausforderung und auch ein Vergnügen, biblische Personen und Orte in einen neuen oder modernen Kontext hineinzusetzen und aus anderen Blickwinkeln zu beschreiben.

Auf diese Art und Weise beginnen Texte, die vielfach als alt und überholt oder nicht mehr zeitgemäß betrachtet werden, für mich wieder aktuell zu sprechen.

Meine Intention ist, mehr die fast unbeachteten Randgestalten in den biblischen Büchern in den Blick zu rücken, ihnen Gesichter und Gefühle zu geben und sie lebendig werden zu lassen.

Wenn Ihnen als Leserin oder Leser meine Geschichten gefallen und Sie daraufhin noch einmal selbst neugierig werden, „mit anderen Augen" und einem veränderten Blickwinkel das Buch der Bücher zu lesen, halte ich das für ein schönes Resultat, das meine schriftstellerischen Freiheiten bei Ihnen auslösen konnten.

Mönchengladbach, im Mai 2015

Heinz-Josef van Ool

Misswahl

„Nackte Haut auf altem Stein"
oder
„Frischfleisch für König David"

waren die reißerischen Aufmachungen, die durch die Boulevard-Presse im Vorfeld der Misswahlen gelaufen waren.

„Fotoshooting in der Davidstadt" hatte eine seriösere Zeitschrift diesen Event übertitelt.

Auf jeden Fall herrschte an diesem Mittag in dem ausgegrabenen Areal der Davidstadt unter heißer Sonne eine hektische Betriebsamkeit.

Die Veranstalter hatten die Juroren für die diesjährige Misswahl zu einem finalen Fototermin zwischen den Überresten von Mauern, Häusern und Befestigungsanlagen eingeladen.

Vier Fotosessions waren angesetzt. Dann mussten die zwei Damen und drei Herren entscheiden, wer von den fünf verbliebenen Kandidatinnen sich für dieses Jahr Miss Israel nennen durfte.

Abischag aus Schunem war total aufgeregt und hypernervös.

Gewiss sie hatte in den bisherigen Wertungen gut abgeschnitten

Bei der ersten Fotosession war sie als Dritte, also genau in der Mitte der Kandidatinnen, ausgelost gewesen.

Eigentlich fürchtete sie sich auch nur vor der Konkurrentin aus Jerusalem. Diese Tamar, Miss Jerusalem, hatte hier sozusagen Heimrecht und war außerdem noch beneidenswert gut gebaut und ausgesprochen schön.

Aber beim Einzelfotografieren hatte sie gepatzt.

Wenn auf der einen Seite der Fotograf einem laufend Anweisungen zurief, man immerzu lächeln musste und sich in Pose stellen, war es auf der anderen Seite schon recht schwierig in dem unebenen Gelände zwischen den Felsbrocken und Steinen nicht das Gleichgewicht zu verlieren. Es war geradezu eine Kunst hier nicht auszurutschen oder zu stolpern.

Abischag spürte wie ihre Konzentration abnahm dafür aber eine gewisse Fahrigkeit sich in ihre Bewegungen schlich.

Wie die übrigen Kandidatinnen hatte sie einen eigenen kleinen Bereich für sich, mit einem Campingstuhl und einer tragbaren Umkleidekabine.

Die erste Fotoserie hatte alle Mädchen in normaler Freizeitleidung abgelichtet. Die zweite sollte im Abendkleid mit hochhackigen Schuhen stattfinden.

Hierfür war das Gelände mehr als ungeeignet und verlangte höchste Konzentration.

Und Abischag, die das Los als Erste getroffen hatte, war in Schweiß gebadet, nachdem sie diese Prozedur überstanden hatte.

Immer wieder waren die Aufnahmen unterbrochen worden, weil die Maskenbildnerin genug zu tun bekam, um verschwitzte glänzende Stellen neu zu bepudern.

Aber auch diese Tortur war für Abischag jetzt überstanden und sie hatte sich ziemlich erschöpft in ihrem Stuhl im Schatten der Kabine fallen lassen.

Sie war froh gewesen, das Abendkleid los zu werden und nur in Unterwäsche, mit einem Bademantel darüber, versuchte sie wieder ruhig zu werden für den bevorstehenden dritten Auftritt im Bikini.

Gerade war es Rebekka aus Tiberias am See Genezareth die schwitzte.

Na ja, ging es Abischag durch den Kopf, diese fette Kuh aus Galiläa hatte sowieso kaum Chancen.

Vom Veranstalter war ihr ein junger Mann als Betreuer zugeteilt, der wie ein Schwarm Schmetterlinge die erste Zeit um sie herumgeschwirrt war. Er hatte sie zusätzlich nervös gemacht.

Kurz vor ihrem zweiten Auftritt war sie ausgeflippt und hatte ihn schroff zusammengefaltet. Und der war keineswegs gekränkt oder beleidigt, sondern hatte ihr heimlich ein paar Pillen in die Hand gedrückt. Mit verschwörerischem Lächeln hatte er ihr zugeflüstert, dass er ihre Aufregung total verstehe, aber seine Pillchen würden sie sicher beruhigen.

Ein Augenzwinkern von ihm und gleich darauf stand er wieder mit einem Glas Wasser neben ihr.

Sie hatte eine der Pillen mit einem Schluck Wasser heruntergespült und wollte gerade die Zweite nehmen, schließlich hatte er ihr drei gegeben, als er sie erschrocken zurückhielt.

Er schüttelte den Kopf und hielt ihren Arm fest. Sie sollte erst einmal die Wirkung dieser einen Pille abwarten und wenn die Wirkung nachlasse, könnte sie die Zweite nehmen. Drei Pillen wäre eine Tagesration, fügte er noch an und nannte sie zum weiderholten Male „Kindchen", was sie absolut widerlich fand.

Wie sollte sie die Wirkung dieser Tabletten beschreiben?

Man wurde hellwach, konzentriert und doch hörte das innerliche Zittern und Flattern abrupt auf.

Ja, Abischag wurde richtig euphorisch und die grelle Sonne schien nicht mehr zu sein, als ein Scheinwerfer für ihren nächsten Auftritt.

Während gerade unter vielen Aaah's und Oooh's Sarah aus Beerscheba wieder auf die Beine geholt wurde, da sie mit ihren hohen Absätzen in einem Spalt zwischen den Steinen hängengeblieben war, stand ihr Betreuer plötzlich wieder neben ihr.

Er zwinkerte ihr zu und meinte:

„Kopf hoch, du hast bisher die beste Show geliefert."

Er sähe sie ganz vorne. Mit Daumen hoch tänzelte er um sie herum und verschwand dann in Richtung Catering, um ihr, wie er sagte, ein Häppchen zu besorgen.

Der nervte echt, fand Abischag, und sah sich nach einer Möglichkeit um, aus dem Blickfeld der ganzen Szenerie zu entkommen.

Zwei, drei Schritte brachten sie um einen großen Mauervorsprung.

Hier verlief der schmale Weg, auf dem an normalen Tagen sich Scharen von Touristen bewegten, etwas bergab.

Ein paar Schritte mehr brachten sie zu einer flachen Steinplatte, die im Halbschatten lag.

Sie setzte sich dorthin und atmete erleichtert auf.

In der Tasche ihres Bademantels fand sie Zigaretten und Feuerzeug.

Und der erste Zug war der Genuss pur.

Trotzdem konnte auch die Zigarette die wieder aufkeimende Hektik und Nervosität in ihr nicht beruhigen. Sie hatte diese Show gewiss noch nicht gewonnen.

In der Tasche fanden ihre Finger die beiden restlichen Pillen. Jetzt sah sie niemand. Jetzt störte sie niemand. Also jetzt oder nie. Nach der ersten Pille hatte sie sich so himmlisch wohl gefühlt.

Mitten in der Bewegung hielt sie jedoch inne, weil ein Schatten neben ihr auftauchte.

Sie dachte schon ihr lästiger Schmetterling hätte sie wieder gefunden, aber es war nur ein älterer Mann in einem langen grauen Kaftan der neben ihr stand und in das Kidrontal zu ihren Füßen blickte.

Er begann zu sprechen ohne sie auch nur anzusehen. Er erzählte, dass er vor vielen Jahren hier schon einmal die schönste Frau Israels gesehen hätte.

Und, welch ein Zufall, sie hätte auch Abischag aus Schunem geheißen.

Wie stolz war sie gewesen, aufgrund ihrer Schönheit zur Frau des Königs auserwählt zu werden.

– Der alte Mann sah sie jetzt direkt an und fuhr fort. –

Aber die Ernüchterung folgte dem Hochgefühl auf dem Fuß.

Denn der König war ein alter, kranker, zitternder Greis, der außerdem auch noch an Demenz litt.

Die Aufgabe der schönen Abischag aus Schunem bestand darin, diesen Tattergreis tagsüber zu betreuen und nachts als lebendige Wärmflasche zu ihm ins Bett zu kriechen.

Und auch als er tot war, führte ihre Schönheit Abischag nur dazu in ein Intrigenspiel um die Thronnachfolge verwickelt zu werden.

Niemand weiß, dass die schöne Abischag aus Schunem hier an dieser Stelle sich das Leben nahm.

Der alte Mann wies auf die Steinplatte, auf der sie saß.

Wenn man diese Platte herumdreht, meinte er, kann man noch ihre letzten Worte lesen, die hier verewigt wurden.

Abischag sprang so schnell auf, dass ihr Bademantel an der Kante des Steines hängenblieb und weit auseinanderklaffte.

Die Tabletten in ihrer Hand kullerten zwischen ihren Fingern hindurch auf die Erde und verschwanden in den Ritzen zwischen den Steinen.

Der alte Mann sah sie an und meinte:

„Auf dem Stein steht:
<Schönheit nahm mir das Leben.>"

Dann drehte er sich um und verschwand.

Zurück ließ er eine erstarrte Abischag, die wie gebannt auf die Felsplatte starrte, als könnte sie durch den Stein hindurch die Buchstaben erkennen.

Die Zeitungen am nächsten Tag zeigten eine strahlende Gewinnerin der Misswahlen, Tamar aus Jerusalem.

Und eine der seriöseren Zeitungen erwähnte im Fließtext, das die, mit den meisten Chancen, nämlich Abischag aus Schunem, aus bisher nicht ersichtlichen Gründen von dem laufenden Wettbewerb still und kommentarlos zurückgetreten war.

Zwillinge

Unterschiedlicher als wir beiden Brüder hätten Zwillinge nicht sein können. Und nun saßen wir nebeneinander friedlich auf einer Bank und betrachteten in Schweigen versunken die vor uns liegende Parklandschaft des Friedhofs.

Wir hatten uns ausgesprochen, hatten uns gegenseitig unser Leben erzählt. Wir warteten auf den Abschied.

Bald, wenn die letzten warmen Sonnentage meines Lebens vorbei waren, würde ich ein Teil dieser stillen Erde werde.

Ich warf meinem nur um Minuten jüngeren Zwillingsbruder Jakob heimlich einen Seitenblick zu.

Er sah viel älter aus als ich, viel verletzlicher, mitgenommener, und doch war er der berühmtere und gesegnetere Mensch von uns beiden.

Unser Auskommen miteinander war nie friedfertig gewesen, sogar meistens bestimmt von Streitereien, Neid und Missgunst. Jedenfalls von meiner Seite aus war das so. Und worum sollte er mich schon beneiden, der doch viel mehr erreicht hatte als ich.

Vielleicht um ein bisschen mehr inneren Frieden?

Vielleicht hätte ich ihm mehr Bruder sein müssen?

Vielleicht hatte er das von Anfang an gewünscht und gewollt, als er sich schon während der Geburt an meine Füße festgeklammert hatte.

Unser Leben war schon seit jeher konträr verlaufen. Er hielt sich gerne bei den Frauen auf in der Küche, im Gemüsegarten, im Wohnbereich und saß bei Mutter auf dem Schoß, wenn sie Tanten,

Cousinen, Nachbarinnen und Freundinnen zu Besuch hatte.

Er nannte sie noch als Erwachsener „Mama", während sie für mich bereits kurz nachdem ich sprechen und gehen gelernt hatte, „Rebekka", die Frau meines Vaters war.

Meine Welt war die Welt der Männer, die sich um die Tiere kümmerten, in Fragen der Zucht und des Reichtums der Herden endlos diskutierten und experimentierten und am ursprünglichsten waren, wenn sie gemeinsam zur Jagd gingen.

Obwohl mein Vater Isaak – er hat gelacht – hieß, war er meistens ein ernster Mann, den die vielen Sorgen um Menschen und Vieh bedrückten.

Über Jakob lachte er fast nie und über mich meistens auch nur dann, wenn ich mich hilflos, ungeschickt oder tölpelhaft anstellte. Und er konnte so herzhaft lachen, was ja nur leider viel zu selten geschah.

Ich kann im Nachhinein mit Fug und Recht behaupten, ich war Vaters Liebling und Jakob war in allem das Sonnenlicht meiner Mutter.

So kamen wir uns weitgehend nicht in die Quere bis auf zwei kurz aufeinander folgende Begebenheiten, in denen ich beide Male den Kürzeren zog, weil ich einfach zu naiv war und die komplexe Welt der Erwachsenen nicht durchschaute.

Mein Bruder war darin viel, viel weiter als ich gewesen.

Vor allem war mir nie klar geworden, wie rücksichtslos meine Mutter ihren Liebling Jakob überall protegierte.

Das erste Mal war ich mit auf die Jagd gewesen und kam als Letzter müde und hungrig, schmutzig und voller Blut der erlegten Tiere, die ich hatte ausnehmen müssen, nach Hause.

Die Frauen hatten begonnen, die Männer zu beköstigen und ich traf in der Küche nur auf Jakob, der mit einer Schürze umgebunden die restliche Mahlzeit für die Frauen aufdeckte.

Ich kam natürlich für das Essen im Kreis der Männer zu spät und war froh, von ihm noch etwas zu bekommen.

Die Diskussion um das Erstgeburtsrecht war für mich nebensächlich.

Was hieß schon Erstgeburtsrecht?

Und was war das schon, wenn man gerade die Macht über Leben und Tod eines Hirsches ausgekostet hatte?

Natürlich versprach ich Jakob damals auf dieses Recht zu verzichten, wie man als Gesunder auf Medikamente verzichtet. Ich hatte nur Hunger, und das war wichtig.

Das mit dem Segen meines Vaters ein paar Tage später war schon etwas anderes. Da war ich total sauer.

Wenn Jakob nicht bei Nacht und Nebel, wieder einmal mit voller Unterstützung unserer Mutter, bei einem fernen Onkel untergetaucht wäre, hätte ich für seine Unversehrtheit keine Garantien übernommen.

Er und Mutter hatten Vater einfach an der Nase herumgeführt.

Seine Flucht und sein schlechtes Gewissen waren Beweise genug, dass er genau wusste, er hatte mir meine Lebensmöglichkeiten in unserer Gemeinschaft genommen.

Seitdem Vater tot war und Jakob fort, hatte ich schnell zu spüren bekommen, dass ich in der Familienhierarchie keine Rolle mehr spielte und man mir keine Verantwortung übertrug und zutraute.

Rebekka traf im Namen meines jüngeren und gesegneten aber abwesenden Bruders alle Entscheidungen. Ich wurde gemieden und hatte keinerlei Einfluss mehr.

Am Schlimmsten traf mich, als dumm und unzivilisiert dargestellt zu werden und dass man hinter meinem Rücken über mich lachte und mich hänselte.

Ich war von jeher konsequent gewesen und ich verbiss mich in die Aufgabe, es ihnen allen zu zeigen.

Bald schon hatte ich Erfolg.

Ich heiratete eine wunderschöne und fleißige Frau, bekam Söhne und Töchter und meine Viehzucht hatte auch leidlichen Erfolg.

Ich begann wieder ein ausgefülltes und glückliches Leben zu führen.

Es gelang mir sogar, meiner Mutter Rebekka auf dem Sterbebett zu vergeben. Und ich meinte es aufrichtig, war ich doch bei allen als aufrechter, wenn auch jähzorniger, als gerechter, wenn auch kleinlicher, als gottesfürchtiger, wenn auch nicht begnadeter Mann, bekannt, der ein gewisses Ansehen genoss.

Und dann kam die Nachricht, dass Jakob auf dem Weg nach Hause war.

Aufgestaute Wut aber auch Neugierde, was aus diesem Muttersöhnchen geworden sein könnte, trieben mich ihm entgegen.

Als Erstes trafen seine Herden und Bedienstete ein und ich war maßlos erstaunt. Erstaunt deshalb, weil sein Vieh in der gleichen Zeit viel mehr war, als ich besaß, weil sein Heer aus Bediensteten meines weit übertraf.

Welches geheime Rezept hatte der Weichling für seinen Erfolg gefunden?

Es drängte mich danach, mich mit ihm zu vergleichen und auszutauschen.

Aber statt seiner trafen nun seine Frauen und Kinder ein.

Und wieder nagten Neid und Missgunst in mir.

Hatte ich bisher voller Stolz auf meine schöne fleißige Frau und meine zwei Söhne und drei Töchter geblickt, sah ich jetzt, dass Jakob nicht nur vier Frauen sein Eigen nannte, sondern auch noch zwölf Söhne und eine Tochter.

Doch endlich kam er selbst.

Bei all seinem Erfolg sah er nicht gut aus.

Die Jahre in der Fremde, die Konkurrenz seiner Frauen, die Sorge um den Bestand seines Viehs, all das hatte ihn mitgenommen und aus ihm einen alten Mann gemacht.

Jetzt sah er tatsächlich wie der Ältere von uns beiden aus.

Aus dem Schönling und Liebling von einst war ein vorsichtiger, frühzeitig gealterter Mann geworden. Sein unsteter Blick, seine dunkel umrandeten Augen, sein Zucken um den Mund verrieten mir, dass er längst für seine Sünden und sein Auserwählt sein bezahlt hatte. Auch ohne mein Zutun.

Plötzlich hatte ich Mitleid mit ihm.

Wut und Schmach waren vergessen und hatten einem tiefen brüderlichen Mitgefühl Platz gemacht.

Ich musste ihn einfach spontan umarmen und an mich drücken. Während ich seinen mageren, knochigen Körper spürte und mir dabei ein paar Wiedersehenstränen in die Augen traten, flüsterte er mir leise ins Ohr, dass er Gottes Segen nie so reichlich gespürt hätte wie gerade jetzt.

Er hielt mich dann auf Armeslänge von sich und betrachtete mich eingehend. Und dann sagte er zu mir etwas, das den letzten Rest von Zwistigkeiten aus meinem Herzen auslöschte:

„*Ich habe heute dein Angesicht gesehen, sehend das Antlitz der Gottheit, und du bist mir wohlwollend begegnet.*"

Seit damals ist unser Streit begraben.

Jetzt sitzen wir hier auf der Parkbank des Friedhofes.

Und während ich weiß, dass mein Leben friedlich hier irgendwann einmal enden wird, ist er gezwungen, wieder fortzuziehen.

Die Lebensmittel reichen nicht mehr für alle, und seine Söhne sind schon vorangegangen, ins Ausland, um neue Ressourcen zu erschließen. Jetzt wird einer dort festgehalten, und Jakob muss wieder losziehen, um aus diesem Fluch nochmals einen Segen zu machen.

Als er aufsteht, um sich zu verabschieden, weiß ich, ich werde ihn niemals wiedersehen.

Doch wenn ich unsere Lebenswege miteinander vergleiche, scheint es mir, dass der Segen, den er mit allen Mitteln seinem Gott abgerungen hat, ihm viel zu viel abverlangte.

„Gott mit dir, Jakob und denk an mich!"

Seine Schritte entfernen sich langsam und schleppend und auch ich, Esau, erhebe mich und entschwinde in das Wenige an Zukunft, was ich noch habe.

Wüstenträume

Das Flughafengebäude in Aqaba hatte mich in die Gluthitze der Wüste auf das Rollfeld ausgespuckt. Endlose Minuten in schweißtreibendem, grellem Sonnenlicht standen wir auf der Treppe und schoben uns langsam in die kühle Röhre des Propellerflugzeuges.

Es waren nur einige wenige Passagiere, die heute Mittag von Aqaba am Nordende des Roten Meeres in Richtung Amman, der Hauptstadt Jordaniens, flogen. Die meisten Reisenden waren Touristen wie ich, die den aufkommenden Boom von Badegästen hier an der Ostseite des Roten Meeres und die Schnupperpreise dafür zu einem einwöchigen Kurzurlaub gebucht hatten.

Ich hatte am Schalter der Jordanien Airlines beim Einchecken darum gebeten, wenn möglich, einen Fensterplatz ziemlich hinten zu erhalten; und ohne einen Nebenmann, wenn dies ginge. Ein Trinkgeld hatte das bezaubernde Lächeln der jungen Dame hinter dem Schalter noch bezaubernder werden lassen und ich war erst einmal zufrieden.

Als ich mich in den engen Sitz ans Fenster zwängte, lief mir ein kalter Schauer über den Rücken, ausgelöst von der rauschenden Klimaanlage, welche die flimmernde Hitze draußen auf dem Rollfeld hier drinnen noch einmal so kühl erscheinen ließ.

Ich drehte an dem Schalter über mir, um die kalte Luftzufuhr zu drosseln und sah aus den Augenwinkeln, wie das grelle Sonnenlicht des Türausschnitts schräg hinter mir verschwand, weil die Außentür geschlossen wurde.

Das Licht flackerte und langsam begann sich der Propeller, den ich aus dem Fenster auf meiner Seite sehen konnte, zu drehen und wurde schneller und schneller. Sein Dröhnen wurde stärker und stärker und auch das Anspringen des zweiten Propellers auf der anderen Seite und der sich steigernde Geräuschpegel wurden durch ein kurzes Lichtflackern noch intensiviert.

Gleichzeitig mit dem Losruckeln der Maschine zur Startbahn setzte sich eine Frau neben mich.

Leicht ärgerlich, da ich mir den Einzelplatz doch erkämpft glaubte und mir darüber hinaus auch etwas hatte kosten lassen, wandte ich mich ihr zu.

Sie war jung, sehr hübsch, hatte schwarze Locken und große schwarze Augen, die mich direkt faszinierten und die Störung als angenehm empfinden ließen.

Mir war klar, dass sie in ihrem sandfarbenen Kostüm nicht mit zur Crew gehörte, also keine Stewardess war, trotzdem schnallte sie sich nicht an, sondern rückte sich nur etwas in ihrem Sitz zurecht, zupfte ihren Rocksaum etwas mehr in Richtung Knie und warf mir ein schüchternes Lächeln zu, das um Verzeihung zu bitten schien.

Dann legte sie den Kopf gegen die Stütze und starrte nur noch geradeaus.

Mein Ärger war vergessen. Der Luftstrom wehte den Hauch eines Parfüms zu mir hinüber, den ich auch noch roch, als ich mich von ihr ab und wieder dem Fenster zuwandte.

Die Maschine rollte mittlerweile zum Beginn der Startbahn. Mein Blick aus dem Fenster zeigte mir einen Vorhang aus aufgewirbeltem Sand. Dann drehte der Lautpegel sich plötzlich noch mehr auf und die Startphase begann.

Die Räder rumpelten über die Piste und wurden immer schneller. Ich konnte mir förmlich vorstellen, wie sie jede Bodenwelle immer rasender übersprangen und in den Federbeinen wippten. Dann ein leichter Ruck und wir hatten die Bodenhaftung verloren. Auch der Staubvorhang blieb unter uns zurück.

Immer wieder interessant fand ich das Phänomen, wie Menschen, Tiere, Häuser und Autos unter mir kleiner wurden und jeglichen Realitätsbezug verloren.

Nach einer leichten Neigung des Flugzeugs, bei dem ich einen letzten Blick auf das intensive Blau des Roten Meeres werfen konnte, tauchte dann im Fenster die Unendlichkeit der jordanischen Wüste auf, mit ihrem Sand und ihren Felsformationen, die sich ausdehnte, soweit das Auge reichte.

Ein Schluchzen neben mir holte mich von meinem Ausguck auf Sand und Weite in die Wirklichkeit des Flugzeuges zurück.

Die junge Dame neben mir fragte mich, ob ich wohl ein Papiertaschentuch für sie hätte.

Wir waren noch im Steigflug, um eine gewisse Höhe zu erreichen, und es fiel mir schwer, bergauf sozusagen in meinem Rucksack zwischen meinen Füßen einen Packen Taschentücher zu angeln.

Als ich es geschafft hatte und ihn ihr reichte, sah ich, dass sie weinte. Tränen hatten große schwarze Bahnen auf ihren Wangen hinterlassen. Sie lächelte mich gezwungen an:

"Tut mir furchtbar Leid, dass ich Sie belästigen muss",

meinte sie entschuldigend, als ich ihr die Taschentücher gab.

Wir wurden von einer Stewardess unterbrochen, die uns mit einer höflichen Geste ein Tablett mit Obstsäften hinhielt. Während ich einen Becher Orangensaft nahm, schüttelte meine Nachbarin nur stumm den Kopf.

Höflich übersah die gut geschulte Stewardess den Zustand und die Tränen der jungen Frau neben mir.

Mit einem Taschentuch tupfte sich nun meine Nachbarin die Wangen trocken, schnäuzte sich dezent und fuhr mit der Kuppe des kleinen Fingers unter dem rechten Auge durch, wobei sie ganz unbewusst ihr Gesicht zu einer komischen Grimasse in die Länge zog.

Danach sah sie mich voll an und versuchte ein Lächeln:

"Entschuldigen Sie bitte nochmals mein Benehmen. Ich bin einfach ziemlich durcheinander.

Aber ich bin auf dem Rückweg zu meinem Geliebten, nachdem der mich vor drei Tagen in der Wüste ausgesetzt hat."

Ich musste erst einmal schlucken.

Dann musste ich mich räuspern. Außerdem muss ich wohl ein recht unverständliches Gesicht gemacht haben, denn ihr Lächeln wurde intensiver und irgendwie verschwörerisch.

Was hatte ich da gehört?

Oder was meinte ich gehört zu haben?

Was sollte ich darauf sagen?

Sie hatte jetzt ein zweites Taschentuch aus der Packung genommen und betupfte damit vorsichtig ihre Lidschatten als hätte sie mit mir einen ganz normalen Smalltalk über das Wetter gehabt.

Sollte ich sie falsch verstanden haben?

Sollte ich noch einmal nachfragen?

War es unhöflich, noch einmal nachzufragen?

Ich starrte auf ihre Hände und stellte fest, wie nervös sie waren und immer in Bewegung, selbst wenn sie, wie jetzt, ruhig in ihrem Schoß sein sollten.

Plötzlich schoss mir der Gedanke durch den Kopf, dass sie ja über keinerlei Handgepäck, ja noch nicht einmal über eine Handtasche oder etwas Ähnliches verfügte.

Das Ganze wurde immer sonderbarer.

Sie hatte wieder ihren Kopf gegen die Kopfstütze gelegt und die Augen geschlossen. Da sie anscheinend ein Gespräch nicht mehr wollte, wandte ich mich wieder zum Fenster und starrte aufs Äußerste angespannt in die Weite der Sandfläche und Kalksteinmassive schräg unter mir.

Die Luft hinter den Propellern flimmerte und glitzerte. Ich konzentrierte meinen Blick auf einen winzigen dunklen Punkt in einem Talausschnitt inmitten der Kalksteinmassive unter mir und nahm total überrascht wahr, wie dieser Punkt auf mich zuraste, größer wurde und alle Konturen um ihn herum immer schärfer schienen und mir näher kamen in einem wahnsinnigen Tempo.

Ich schloss die Augen.

Ich hielt die Luft an.

Etwas Erschreckendes, Schmerzendes, Kaltes und Tödliches erwartete ich jeden Moment bei diesem rasanten Absturz. Aber ich spürte nur einen warmen, sanften Wind auf meinem Gesicht. Meine Füße standen fest auf einem weichen Untergrund. Das Dröhnen der Motoren war nicht mehr zu hören. Das Summen der Klimaanlage war verstummt, alles war still und eine wohltuende Ruhe breitete sich in mir aus.

Als ich mich traute, mich umzusehen, entdeckte ich zunächst jenen schwarzen runden Felsbrocken, der vor mir im rötlichen Sand steckte, jener winzig kleine runde Punkt. Er ragte aus dem Sand heraus und schien ein Fingerzeig in den Himmel zu sein, sodass ich automatisch seiner Zeigerichtung folgte und im Blau des Himmels nach dem Flugzeug Ausschau hielt, in dem ich doch Sekundenbruchteile vorher noch gesessen hatte.

Wie staunte ich jedoch, als ich, nachdem mein Blick wieder vom Himmel zur mich umgebenden Wüste wanderte, ein Schemen wahrnahm, das sich allmählich als menschliche Person herausstellte.

Und tatsächlich: Ein paar Schritte hinter dem Stein stand die Frau aus dem Flugzeug und lud mich ein, zu ihr zu treten.

Ihr sandfarbenes Kostüm schien die ideale Tarnung hier zu sein, denn ich hatte sie erst beim zweiten Hinsehen bemerkt. Mit einer weit ausholenden Geste beschrieb ihre Hand eine kreisförmige Bewegung.

"Erkennst du das Panorama wieder?"

Noch viel zu verblüfft und erschrocken über das alles konnte ich nicht anders reagieren, als nur still zu nicken.

Die Frau ging die paar Schritte von dem runden schwarzen Stein weg auf die hoch aufragende Felswand zu.

Ich kannte dort die natürliche Nische, die wie eine aus dem Fels gehauene Bank wirkte. Und während ich ihre Stöckelschuhe seltsame Löcher in den losen Sand bohren sah, hatte sie auch schon die Nische erreicht und bat mich lächelnd, mich doch neben sie zu setzen.

Wie schon drei Tage zuvor war auch diesmal das Panorama, das sich vor meinen Augen auftat, atemberaubend. Zu mindestens für jemanden, den die Stille, die Eintönigkeit, die Leere und die Heiligkeit dieses Ortes berührten.

Vor drei Tagen hatte ich vom Hotel aus einen Ausflug unternommen. Zwei Stunden hatten die Teilnehmer dieser Wüstensafari Zeit gehabt, die Wüste zwischen diesen Kalksteinmassiven für sich selbst zu erkunden, um dann an einen festgelegten Treffpunkt zurückzukehren.

Ich hatte schnell diesen Platz hier gefunden, mich auf die natürliche Bank gesetzt und über den sanften Abhang aus rotem Sand mit den vereinzelt grünen Pflanzen und dem schwarzen Stein mittendrin hinübergestarrt in die Weite des Tals, bis mein Blick von einer Felswand weit gegenüber wieder aufgefangen wurde.

Ich hatte die ganzen zwei Stunden hier gesessen und mich kaum bewegt.

Die Frau neben mir hatte ihre Hände in den Schoß gelegt und wie ich in die Weite des Tales geschaut. Jetzt sprach sie mich direkt an:

"Vor drei Tagen hast du mich einfach hier in der Wüste zurückgelassen."

Ich wollte entrüstet aufspringen, protestieren, bemerken, dass ich sie gar nicht kenne, aber sie schnitt mit einer Handbewegung jeden Protest meinerseits ab.

"Lass mich ausreden, damit du verstehst."

Jetzt machte sie jedoch eine Pause und sah wieder in das Tal hinunter.

"Du hast vor nicht allzu langer Zeit ein neues Gefühl in dir entdeckt.

Ein schönes, sanftes Gefühl!

Aber auch ein verlangendes, ein ungestilltes Gefühl.

Eine tiefe Sehnsucht entstand in dir.

Ausgelöst wurde dies alles durch eine bestimmte Person.

Ich brauche nicht zu betonen, du weißt es selbst, dass weder die Person noch das Gefühl in deine geplanten Lebensabläufe passten und eine Rolle spielen konnten.

Natürlich nicht.

So etwas passiert halt.

Um an Altbewährtem, Alterprobtem festzuhalten, bist du vor drei Tagen hingegangen und hast beschlossen, dieses Gefühl und alles, was es ausmacht, alles was es in dir bewirkt, was es dir bedeuten könnte, was es auslösen und entwickeln könnte, hier, an diesem Ort, auf diesem schwarzen Stein zurückzulassen."

Wieder schwieg sie eine Weile und sah mich dabei direkt an.

Alle vor drei Tagen vermeintlich abgelegten Gedanken kamen mir schlagartig wieder ins Bewusstsein. Der ganze Kampf zwischen den verschiedenen Seelen in meiner Brust schwelte wieder auf. Meine ganze Zerrissenheit, die ich notdürftig geflickt glaubte, brach mit Macht wieder auf und zerrte mich hin und her.

Weil Menschen doch Symbole brauchen, hatte ich mich vor drei Tagen an die Nomaden der alttestamentlichen Erzählungen erinnert.

Bei wichtigen Entscheidungen hatten Abraham, Isaak oder Jakob Steine aufgestellt. Sie hatten sie gesalbt und an diesen Stellen mit Gott Kontakt aufgenommen, um Dank, Bitte oder Klage direkt zu ihm gelangen zu lassen.

Mich hatte es vor drei Tagen auch nach einer solchen Geste verlangt.

Der Stein vor mir hatte die Assoziation mit den Urvätern heraufbeschworen und ich war dann hingegangen und hatte ein Bild aus meiner Brieftasche genommen, das eine Gruppe von Frauen und Männern zeigte und mittendrin diejenige, welche die Gefühlsstürme in mir ausgelöst und verschuldet hatte.

Ohne lange nachzudenken, war ich zu dem Stein getreten und hatte in Ermangelung von irgendwelchen Ölen, seine runde Oberfläche mit Sonnenmilch beträufelt. Da ich keinerlei Möglichkeiten hatte, das Bild als Opfer auf diesem Stein zu verbrennen, hatte ich es in winzig kleine Schnipsel zerrissen und über den Stein verteilt.

Danach hatte ich Gott mit aller mir zur Verfügung stehenden Intensität darum gebeten, dieses Gefühl, das mich in meinem Alltagsleben zu lähmen und zu hindern schien, als Opfer hier anzunehmen und es ihm hier lassen zu dürfen, wo es keinerlei Unheil anrichten könnte.

Die Frau neben mir nahm meine Hand in ihre Hände und legte sie in ihren Schoß. Meine Hand zitterte und ich spürte die Kühle ihrer Handflächen.

Dann begann sie, nachdem sie sich mir zugewandt hatte, zu erzählen:

"Mein Name ist Hagar und ich stamme aus Ägypten.

Ich lebte als Haushaltshilfe bei einem Ehepaar. Abraham und Sarah waren glücklich verheiratet und ihr einziges Schicksal war, dass sie schon jahrelang kinderlos waren.

Obwohl Gott Abraham immer wieder versichert hatte, er würde zahlreiche Nachkommen haben, schien das alles nur ein schöner wünschenswerter Traum zu bleiben.

Beide, Sarah und Abraham glaubten wohl irgendwann nicht mehr ernstlich daran.

Je weniger eine Schwangerschaft Sarahs wahrscheinlich wurde, umso mehr versteckten die beiden ihre Gefühle voreinander.

Schnell fand ich heraus, dass Abraham plötzlich meine Jugend, meine Schönheit und meine Frische wahrnahm, die mich von Sarah unterschied.

Um aus dem Alltäglichen herauszukommen, entstand ein neues überwältigendes Gefühl in Abraham, das er mir entgegenbrachte.

Sarah blieb das nicht verborgen. Und weil sie Abraham weiterhin abgöttisch liebte, richtete sie es so ein, dass Abraham und ich ein Liebespaar wurden.

Aber unsere Beziehung konnte nicht gut gehen. Abrahams Gefühle wurden immer besitzergreifender. Er wurde zwischen seiner bewährten, erprobten Liebe zu seiner angestammten Frau und diesem nie gekannten abenteuerlichen Gefühl zu mir total zerrissen und dabei unausstehlich.

Sarah fühlte sich verachtet von ihm und missachtet von mir und ließ mich den Verlust der sexuellen Zärtlichkeit ihres Mannes mit aller Härte spüren.

So war es dieses neue, eigentlich schöne und intensive Gefühl des Abrahams, das mich in die Wüste hinausschickte.

Damals entwickelte sich nach meiner Rückkehr aus diesem Gefühl meine Schwangerschaft mit Ismael und eine reiche Nachkommenschaft.

Heute bin ich wieder hier.

Ich bin wieder aus diesem einen Gefühl heraus in die Wüste geschickt worden, um zu verdorren und zu verdursten. Um erstickt zu werden von heißem Sand oder zu vereinsamen in der endlosen menschenleeren Weite, um zerrissen zu sein in allerkleinste Bestandteile, sodass mich niemand mehr für wertvoll findet und mich erkennen kann.

Diesmal hast du mich hierher ausgesetzt.

Schau dich um.

Ist das hier alles, was du aus einem positiven, herrlich intensiven Gefühl machen kannst?

Ich will nicht schwanger von dir werden wie damals von Abraham, aber es gibt so viele Chancen, so viele Möglichkeiten, die ich dir eröffnen möchte, wenn du nur bereit bist, dein Gefühl und deine Sehnsucht nicht einfach in der Wüste als Gottesopfer verschwinden zu lassen."

Sie schwieg.

Mich überkam eine grenzenlose Traurigkeit.

Ich konnte kaum einen klaren Blick in die sonnenüberflutete Weite schicken.

Mit dem Handrücken wischte ich mir über die Augen und spürte den intensiven Blick von Hagar. Und ich wusste, dass sie Recht hatte und eine Antwort verdiente.

Eine leichte Brise wehte über die Sandwellen vor uns und ließ die Ränder unserer Spuren leise rieseln und sich verwischen.

Ich roch plötzlich ihr Parfüm und empfand eine so tiefgehende Wirklichkeit und einen inneren Frieden wie lange nicht mehr.

Vorsichtig suchte ich nach Worten:

"Du denkst dir also, ich solle meine Sehnsucht und dieses Liebesgefühl, das ich nicht leben will und kann, umsetzen in neue Lebensqualitäten, in ein schöpferisches Leben, in all der mir zur Verfügung stehenden Weise."

Ich sah sie an und spürte ihren warmen Schoß, in dem sie immer noch meine Hand gedrückt hielt. Sie nickte mir zu und lächelte und dann war sie plötzlich die Inkarnation dieser Sehnsucht in mir.

"Sieh dich um!",

befahl sie mir,

"Dies ist kein Ort für mich.

Sei du mein malak Jahwe - mein Bote Gottes -, der mich in das wirkliche Leben zurückschickt.

Lebe mit mir!"

Ich nahm mit einem Bedauern meine Hand aus ihrem Schoß und umarmte sie.

Dann lehnte ich mich zurück an den kalten Stein und atmete tief die Wüstenluft ein. Jetzt konnte ich wieder klare Konturen um mich her erkennen. Einen flüchtigen Gedanken, wie ich wohl mit ihr zurück in mein Flugzeug gelangen würde, verdrängte ich abrupt. Hier schien ein Ort zu sein der Unendlichkeit, der mir jetzt bei meinem zweiten Besuch schon wie ein zu Hause vorkam.

Ich schloss die Augen, atmete tief ein und aus und spürte die leichte Berührung einer Hand auf meiner Schulter.

Bevor ich die Augen öffnete, dröhnten die Propeller wieder durch mein Bewusstsein und das Rauschen der Klimaanlage sang ein ziemlich monotones Lied.

Ich spürte die Bewegungen der Maschine durch die Luftschichten und mein Magen vernahm ein stetiges Durchsacken in tiefere Regionen.

Als ich die Augen öffnete, wurde mir das ganze Crescendo an Lärm und Geräuschen wieder bewusst.

Ich sah aus dem Fenster, wie das Flugzeug sich zu einer Kurve neigte und die Abgasluft hinter den Propellern weit im Blau des Himmels flimmerte.

Erschrocken, so plötzlich aus der Stille und Einsamkeit herausgerissen zu sein, richtete ich mich kerzengerade auf.

Eine Stewardess hatte mich leicht an der Schulter berührt und geweckt, damit ich mich für die bevorstehende Landung wieder anschnallen sollte.

Ich fragte sie, während meine Finger mechanisch den Gurt einzuhaken versuchten, mit aufkommender Hektik, wo meine dunkelhaarige Begleiterin in dem sandfarbenen Kostüm sei, da der Platz neben mir leer war.

Ich wiederholte die Frage, weil ich mich mit der Antwort der Stewardess nicht zufrieden geben wollte und bekam doch wieder die gleiche zu hören:

Es gäbe keine dunkelhaarige Dame in einem sandfarbenen Kostüm.

Und ich hätte den Platz neben mir doch unbedingt frei gewünscht.

Meine Finger hatten mittlerweile den Gurt geschlossen, die Stewardess war gegangen und als ich nach meinem Gepäck zwischen meinen Füßen sehen wollte, fand ich das Bild mit den Frauen und Männern, das ich zerrissen glaubte, auf meinem Schoß.

Opferung Isaaks

Mein Gott, ich war schwanger!

Mein Gott, ich konnte doch jetzt kein Kind gebrauchen.

Ich konnte überhaupt kein Kind gebrauchen.

Und was, bitte schön, hieß hier eigentlich: „Mein Gott!"

Ich glaubte doch nicht an diesen Gott da irgendwo in den Himmeln.

Ich war Atheistin.

Dem einzigen Gott, wenn man ihn denn so nennen wollte, dem ich rückhaltlos vertraute, war der Gott der Macht, des Einflusses und des Geldes.

Ich presste meine Fingerkuppen gegen die Schläfen. Meine Migräne kündigte sich mit einem dumpfen Klopfen mitten in meinem Kopf an.

Ich war schwanger!

Ich, eine der erfolgreichsten Managerinnen meiner Bank.

Ich, welche die besten Voraussetzungen erfüllte, demnächst in den Vorstand zu wechseln.

Was sollte eine Karrierefrau mit einem dicken Bauch und Watschelgang?

Ich wohnte in einer teuren Penthouse-Wohnung und hatte so viel Geld und Geschmack in darin investiert, dass allen Besuchern beim ersten Mal, wenn sie diese Räume betraten, der Mund offen stehen blieb.

Da war nirgends Platz für ein rosarotes oder himmelblaues Babyzimmer mit Himmelbettchen, Wickelkommode und Spielsachen. Und auch nicht für Windeleimer, Nuckelflasche und das immerwährende Geplärre eines ständig unzufriedenen Etwas.

Als gepflegte und anspruchsvolle Frau betrachtete ich mich, die wusste, was sie wollte, und mit Mitte dreißig noch alle Möglichkeiten offen hatte.

Aber ein Baby?

Während das Pochen hinter meinen Schläfen immer stärker wurde, grübelte ich weiter darüber nach, wie das überhaupt hatte passieren können.

Meine Liebhaber suchte ich mir aus. Ort, Zeit und Intensität einer Beziehung bestimmte ich. Verliebtheit, Liebe, Ehe oder Familie kamen für mich nicht in Betracht. Später vielleicht einmal, obwohl ich mir derartige Gefühlsduseleien nicht vorstellen konnte.

Viele lobten meinen guten Geschmack, was Make-up, Kleidung und Essen anging. Ich hatte da so einen gewissen Lebensstil entwickelt mit dem Besuch teurer Restaurants und dem Tragen von stilvollen Designermodellen, der überall Anerkennung fand. Gekämpft hatte ich dafür bis zum Umfallen. Neid und Missgunst hatte ich einfach in Kauf genommen und abgehakt.

Mein Gott, jetzt bekam ich ja einen dicken Bauch. Nichts würde mehr passen!

- Abtreibung!

Es gab keine Alternative.

Nichts anderes kam in Frage.

Für mich gab es da überhaupt keine Skrupel, keine Zweifel und keine Diskussion. - Abtreibung!

Die einzige Möglichkeit, ohne Schaden aus diesem Unfall herauszukommen.

Erleichterung machte sich in mir breit und das Klopfen hinter den Schläfen schien schwächer zu werden. Ein kleiner Eingriff würde erfolgen, niemand würde etwas merken, niemand etwas wissen, niemand etwas vermissen.

Heute schwanger und morgen schon wieder voll im Geschäft.

Trotzdem kam da ein Gedanke, ein letzter Zweifel.

Und das Kind?

Welches Kind?

Ach, Unsinn! Was heißt hier schon Kind?

Ein Embryo, ein Zellhaufen, nichts Weltbewegendes.

Nein, keine Chance für das, was manche ein so genanntes Gewissen nennen, sich in mein Leben einzumischen oder mich gar zu bevormunden. Diesen christlichen Hokuspokus hatte ich hinter mir. Da war noch kein Kind und bald würde da schon gar nichts mehr sein.

Wieder fragte ich mich, wie das mir nur hatte passieren können.

Als die Türglockenanlage mir mit einer sanften Melodie kundtat, dass draußen Besucher warteten, waren meine Grübeleien dann auch endgültig vorbei.

Mein Entschluss zur Abtreibung stand fest und ich registrierte erleichtert, jetzt galt es nur noch, das Ganze nervenstark zu organisieren und möglichst schnell abzuhaken.

Heute Morgen erst war ich bei meinem Gynäkologen zu einer normalen Routineuntersuchung gewesen. Am frühen Nachmittag hatte ich ihn dann in einem Konferenzraum der Bank wieder getroffen. Ich hatte ihm und ein paar anderen finanzkräftigen Kunden ein neues Abschreibungsmodell offeriert, welches darüber hinaus auch für die Bank eine lukrative Gewinnspanne abwerfen sollte.

Nach der Besprechung hatte er mir bei der Verabschiedung schnell einen zusammengefalteten Zettel in die Hand gedrückt, und ohne erkennbare Regung in seinem Gesicht erklärt, dies seien meine Untersuchungsergebnisse.

Und ich bräuchte mich nicht zu beunruhigen.

In meinem Büro zurück hatte ich den Zettel auseinander gefaltet und nur den einen Satz gelesen, der handgeschrieben dort stand.

Ich sei im zweiten Monat schwanger.

Den Satz hatte ich wieder und wieder gelesen, bis er vor meinen Augen verschwamm. Und als die volle Erkenntnis dessen, was da stand, mich erfasste, war mir nichts anderes eingefallen, als direkt nach Hause zu fahren und meine beste Freundin anzurufen.

Sarah Knecht.

Und nun standen aber beide vor meiner Tür.

Sarah, eine Vertraute seit meiner frühsten Erinnerung und ihre Zwillingsschwester Hagar Knecht, ihr ewiges Anhängsel.

Während ich in Sarahs Blick Unglauben, aber auch Verständnis las und ihre Umarmung wie einen kühlen lindernden Abendwind nach der Hitze des Tages genoss, berührte mich Hagar nur flüchtig an der Schulter und verschwand in Richtung Küche, in der sie nur schnell einmal für alle Tee kochen wollte auf diesen Schreck hin.

Sarah setzte sich mir gegenüber und sah mich lange schweigend an. Ihre Anwesenheit war tröstend und ich fühlte zum ersten Mal wieder Tränen in meine Augen treten.

Wann hatte ich zuletzt einmal geweint?

Als man mir eine bessere Position in der Bank verweigerte und sie einem Mann gab. Still und heimlich hatte ich geweint wegen dieser Ungerechtigkeit.

„Du wirst natürlich abtreiben?",

unterbrach Sarah meinen Gedankengang mit einem verständnisvollen Lächeln.

Ich nickte nur, da ich eisern gegen die Tränen ankämpfte, was mir erst gelang, als Hagar mit einem Tablett aus der Küche trat.

Sie schenkte uns allen Tee ein und nahm ihre Tasse mit dem heißen Getränk, um geräuschvoll daraus zu schlürfen.

Dann meinte sie:

„Sarah und ich meinen, dass du möglichst bald und ohne große Emotionen eine Schwangerschaftsberatung hinter dich bringen solltest."

Hagar stellte ihre Tasse ab und wartete nicht einmal auf eine Entgegnung meinerseits. Ohne Pause fuhr sie fort, während in mir wieder ein Sturm der Gefühle und Entrüstung losdonnerte:

„Ich kenne fünf Minuten von hier jemanden, der dir ohne eine Moralpredigt den notwendigen Schein für einen Abbruch aushändigt.

Er hätte übrigens jetzt Zeit für uns."

Ich liebe es absolut nicht, wenn andere über mich bestimmen wollen und, in jeder anderen Situation hätte ich Hagar bestimmt und unmissverständlich in ihre Schranken gewiesen und zu ihren spießbürgerlichen Kochtöpfen zurückgeschickt.

Aber mein Ego war stark angekratzt und so sah ich nur ihre Schwester fassungslos an.

Ihr Nicken bestätigte mir, was unvermeidlich war.

Es waren wirklich keine fünf Minuten zu einer kleinen Kirche mitten in dem Häusermeer der Großstadt.

Sarah und Hagar hatten mich begleitet, damit ich, wie sie meinten, nicht noch aus verletzter Eitelkeit einen Rückzieher machen würde.

Hagar hatte alles in die Hand genommen und ich fühlte mich wie ein Statist in einer drittklassigen Theateraufführung.

„Geh schon einmal in die Kirche hinein!
Wir sagen dem Priester Bescheid, dass du da bist. Und dass er dich nicht totreden soll!"

Ich gehorchte.

Ich war wie in Trance.

Nicht mehr Frau meiner selbst.

Sie schoben mich in die Kirche und ich stand dann ganz allein in dieser mir so fremd gewordenen Umgebung. Zur Kommunion hatte ich zuletzt eine Kirche von innen gesehen.

Mein Gott des Geldes und der Macht hatte andere Tempel.

Die Kirche war leer.

Das Sonnenlicht fiel von schräg hinter mir in den Altarraum. Es war trotzdem angenehm kühl und die Stille überraschte mich wohltuend.

Sollte ich in all den Jahren etwas verpasst haben, ging es mir plötzlich durch den Sinn.

Langsam ging ich durch den Mittelgang auf den Altar zu, erschrocken wegen des lauten klackenden Geräusches meiner Absätze.

Hinter einer Säule gewahrte ich einen Mann, der das Wachs aus einem großen Tableau mit Kerzenstummeln vor einer goldenen Marienstatue entfernte. Bei meinem Näherkommen richtete er sich auf, sah mich und kam mir mit wachsverklebten Händen entgegen.

Gewohnheitsgemäß begann ich, ihn sofort abzuschätzen: Alter Mitte 40, graue Hose, dunkel gemustertes Hemd, ein nichts sagendes Gesicht.

Ob es wohl der Priester war?

Mit einem Nicken begrüßte er mich und bat mich, in der ersten Reihe Platz zu nehmen. Er setzte sich neben mich, in der einen Hand Klumpen von Wachs, in der anderen Hand einen Schaber.

„Sie kommen bestimmt wegen eines Beratungsscheines zur Schwangerschaftsunterbrechung?"

Ich wollte gerade zu einer längeren Entgegnung ansetzen und ihm mitteilen, dass ich auf eine Predigt über die Moral bei der Tötung ungeborenen Lebens keinen Wert legen würde, da fuhr er schon fort. Sein Blick war dabei fest auf den Altar vor uns gerichtet.

„Ich will Sie nicht lange aufhalten und Ihnen nur kurz eine kleine Geschichte aus dem Alten Testament ins Gedächtnis rufen, mehr nicht, o.k.?"

Jetzt sah er mich an und seine Augen schienen keinen Widerspruch hinzunehmen.

Selten hatte ich mich auch so müde und schlaff gefühlt.

„*Abraham bekam von Gott den Auftrag, seinen einzigen Sohn Isaak, an dem all seine Hoffnung und Zukunft hing, zu nehmen und ihn auf einem Altar auf dem Berg Moria als Opfer darzubringen.*

Barbarisch, würde ich spontan dazu sagen, da stimmen Sie mir bestimmt zu!

Die Bibel erzählt nicht, wie es dem Abraham mit diesem Ansinnen Gottes ging.

War er verzweifelt?

War er verbittert?

Nein, erst einmal war er gehorsam.

Er nahm zwei Knechte, Feuerholz, Schlachtmesser und seinen Sohn und tat, was Gott von ihm verlangte.

Erst im buchstäblich allerletzten Augenblick, als das Opfer schon angerichtet war, greift Gott ein, lobt den Gehorsam des Abraham und teilt ihm mit, dass er, der Gott der Befreiung, kein solches Opfer, kein Kinderopfer, wolle und brauche.

Daraufhin tauscht Abraham seinen Sohn gegen ein Opfertier aus, das er Gott an dessen Stelle darbringt."

Ich hatte bisher stillschweigend zugehört.

Irgendwo in meiner Erinnerung tauchte die blutige Szene aus Kinderbibeln vor mir auf. Und mit der Erinnerung kam das Gefühl der Abscheu zurück, das ich damals wie heute bei dieser Vorstellung von einem Kinderopfer empfunden hatte.

Der Mann schwieg.

Was sollte diese Geschichte hier und jetzt?

Was hatte das Ganze mit mir zu tun?

Wollte er mich gefühlsmäßig einlullen, um meine Entscheidung für eine Abtreibung rückgängig zu machen?

Eine Gänsehaut lief über meine Arme und fast wäre ich aufgesprungen, um dem Ganzen möglichst schnell und weit zu entfliehen.

Aber der Mann kam mir zuvor. Er stand auf, ging ein paar Schritte und drehte sich dann zu mir um. Mit Mühe konnte ich seinem Blick Stand halten.

„Du bist gekommen, um dem Gott der Macht, des Einflusses und des Geldes dein Kind zu opfern.

Sei es drum.

Wenn er das Opfer verlangt, tu es.

Du kannst dein Ungeborenes nicht austauschen, wie Abraham das konnte.

Und ich bezweifle, dass dein Gott ein Tieropfer akzeptieren würde.

Also opfere ihm dein Kind."

Abrupt drehte er sich von mir weg und wollte mich verlassen.

Ich sprang auf.

Meine laute Stimme fing sich in den Rundbögen und Staubpartikel tanzten einen absurden Tanz im Sonnenlicht.

„Was soll ich denn tun?"

Es war wie ein Schrei aus mir.

Ich wollte, dass er blieb und mir half.

Verzweiflung lähmte mich.

Unentschlossenheit nagelte mich fest.

„Was soll ich denn bloß tun?"

Erst bei meinem zweiten Aufschrei blieb er hinter dem Altar stehen und drehte sich zu mir um.

„Wenn du das Opfer nicht austauschen kannst, warum tauschst du dann nicht deinen kinderfressenden Gott aus?"

Er zeigte auf den Altar.

„Hier ist ein Gott, auf diesem Altar, der auch dich befreit und nichts Derartiges von dir verlangt."

Wie von Geisterhand war er im Chorraum durch irgendeine geheimnisvolle Tür verschwunden.

Ich sackte auf dem Stuhl hinter mir zusammen.

Mein Kopf war leer. Nur mein Herz schlug so laut, dass ich Sarah und Hagar erst wahrnahm, als sie mich an der Schulter berührten.

Hagar war es, die den Bann in mir löste und einem großen Staunen Raum gab, als sie sagte:

„Komm mit uns, der Priester erwartet dich schon im Pfarrhaus!"

Ich stand nur auf und schüttelte den Kopf.

„Lasst uns nach Hause gehen!"

Brautführer

Es war vorbei.

Die Aufregung der letzten Wochen, die Anspannung, die Verantwortung für Mensch und Tier und das Gefühl etwas Bedeutsames zu sein, all das war vorbei.

Der Brunnen war verlassen.

Die Tiere waren getränkt und die Mädchen und jungen Frauen waren wieder mit vollgefüllten Behältern zwischen den Zelten verschwunden. Plappern, Lachen und das Rauschen des Wassers hatten ihr Tun hier am Brunnen begleitet.

Mit ehrfürchtiger Scheu hatten sie mich hier stehen gesehen. Keine hatte gewagt, mit mir zu reden, keine hatte mir Wasser angeboten.

Meine Aufgabe war zu Ende.

Es war vorbei.

Das Glücksgefühl der vergangenen Zeit war nur noch Erinnerung.

Ich setzte mich in den Sand, mit dem Rücken gegen die warmen Steine des Brunnenrandes. Meine Wasserpfeife stellte ich neben mich und zündete sie an.

Magisch wurden meine Augen von dem roten Sonnenuntergang über den kahlen Hügeln jenseits der Halbwüste angezogen. Ein unwirkliches Rot hüllte mich ein.

Ich lauschte den nächtlichen Klängen des Nomadenlagers und versuchte aus den verschiedenen Stimmen die eine Stimme herauszuhören, die mich die letzten Wochen mehr als verzaubert hatte.

Irgendwo in den Zelten würden die Frauen für Rebekka das erste Nachtlager herrichten und bald würde sie sich zur Ruhe begeben.

Und ich würde an ihrem Schlaf, ihrem Ausruhen, dem Behüten ihrer Schönheit und Unversehrtheit keinen Anteil mehr haben. Morgen würde sie Isaaks Frau und mein Anteil an der Geschichte war Vergangenheit und vorbei.

Es war eine lange Reise gewesen, deren Ende wir heute erreicht hatten.

Die ersten Züge aus der Wasserpfeife waren noch ungewohnt und schmeckten rau und kratzig. Ich sog kräftiger und mächtiger und genoss es, meinen Atem sichtbar werden zu lassen. Es war anregend, den Rauch so mühelos durch Mund und Nase aufsteigen zu sehen, bis ein leichter Windhauch meinen Atem ergriff und in unsichtbare Sphären entführte.

Es war aufregend gewesen, als Abraham, dem ich immer mit ungeheurem Respekt begegnet war, mich rufen ließ. Mich, einen unbedeutenden Verwandten, jung und unscheinbar.

Der alte Mann lag auf seinem Ruhebett, paffte seine Pfeife und stieß kleine Wölkchen aus, als er zu mir zu reden begann. Wir waren alleine im Zelt.

Normalerweise waren hier sehr viele Menschen, Frauen, die bedienten und irgendwelche bedeutenden Männer, die von Abraham Rat und Weisung erbaten oder auch nur Aufträge erhielten.

Abraham war alt geworden, sehr alt.

Seine Hand, die er mir entgegenstreckte, zitterte. Doch sein Händedruck war immer noch voller Kraft. Ich spürte es deutlich, als er mich vor seinem Ruhebett auf die Erde drückte.

Auch seine Augen schienen dem Alterungsprozess entgangen zu sein. Sie sahen mich mit jugendlichem Elan an und mit einem Feuer, dass ich stets mit einem leichten Frösteln wahrgenommen hatte, wenn er mich dann auch wie jetzt eingehend musterte.

„Hör mir zu, mein Sohn!",

begann er und ich war wie immer fasziniert von seiner tiefen, melodischen Stimme.

„Mein einziger Sohn Isaak ist noch unverheiratet und ich spüre in mir die lebenssatten Jahre.

Doch möchte ich, bevor ich mich zu Gott begebe, meinen Isaak mit jemand verheiratet sehen, der aus unserer Sippe stammt.

Die Städter hier sind zwar alle nette Menschen, aber das ist nicht unser Leben.

Sollte er sich eine aus der Stadt zur Frau nehmen, wird er sich bald um vieles andere kümmern, aber die alten Traditionen vergessen.

Dich habe ich in diese Welt geschickt, damit du ihre Gesetze lernst und mir als Kontakt zu dieser Welt dienen kannst.

Aber mein Sohn soll die Sippe in der alten Weise von Weideplatz zu Weideplatz führen und die alten Werte hochhalten, die da draußen verfallen sind und nicht mehr existent.

Dich habe ich hinausgeschickt, um all das in Augenschein zu nehmen und mir zu berichten.

Du hast deine Sache mehr als gut gemacht.

Du hast mir viel erzählt über internationale Finanzmärkte, hierarchische und demokratische Staatswesen, über Flugzeuge, Internet und Misswahlen.

Alles habe ich nicht verstanden und vieles lehne ich ab.

Aber von dir verlange ich noch einen letzten Dienst, bevor mein Sohn Isaak dein Stammesführer wird. Reise durch die Wüste zu meinen Verwandten und suche für meinen Sohn Isaak in jener fernen Sippe die passende Frau.

Eine Frau, die nicht nur die alten Traditionen achtet, sondern auch treu zu unserem Gott steht, ja deren Leben geprägt ist von unserem Gott, dem Einzigen und Heiligen."

Er nahm meine Hand und legte sie auf seine linke Brustseite. Ich spürte sein Herzklopfen, während meines wie wahnsinnig zu schlagen begann, als mir so langsam die Größe und Komplexität meiner Aufgabe durch den Kopf ging.

„Schwöre mir, dass deine Auswahl sorgfältig sein wird, von dem einzigen Gedanken an das Wohl unseres Stammes und zu Ehren des einzigen Gottes geleitet!"

Was hätte ich tun sollen, ging es mir in Erinnerung an diese Szene durch den Kopf. Ich stieß eine große graue Rauchwolke in die Abendsonne und schmeckte den kühlen, süßen Geschmack des Tabaks auf der Zunge.

Was hätte ich tun sollen damals?

Ich schwor und ich war plötzlich ganz begeistert von der Aufgabe, die da auf mich zukommen würde. Ich würde reisen, bekäme Verantwortung, hätte die Möglichkeit über Mensch und Tier zu entscheiden, ihren Lebensweg zu bestimmen.

Ungeahnte Möglichkeiten. Ich würde wer sein.

Doch gleich darauf meldete sich auch die Vorsicht.

Was konnte nicht alles schief gehen?

Wie würden die Verwandten mich aufnehmen?

Wie würde ich die richtige Frau überhaupt erkennen können?

Wer wäre die Richtige in den Augen Gottes?

Die Größe meiner Verantwortung wuchs mit der Freude über diese Aufgabe.

Es begannen hektische Wochen.

Noch heute, hier am Brunnen, schlägt mein Puls schneller, wenn ich daran denke, was alles überlegt und geplant sein wollte.

Eine Reiseroute wurde ausgearbeitet. Eine Anzahl Tiere, Kamele und Schafe, wurden ausgesondert von den Herden, um irgendwelche Quarantänevorschriften nicht zu verletzen. Für die Männer und Frauen, die mitreisen sollten, wurden Visen besorgt.

Doch zunächst mussten Zank und Streit geschlichtet werden, da viele mitwollten und nur einige mitkonnten.

Die Auswahl an Frauen und Männer, die mich und die Herden begleiten sollten, schaffte mir nicht nur Freunde.

Proviant wurde geplant für Mensch und Tier. Ausrüstung wurde ausgebessert oder neu besorgt.

Das Brautgeschenk war Abende lang ein Thema im Rat der Ältesten. Der Brautschmuck musste zusammengestellt werden und die Höhe der Summe, die er ausmachte, verschlug mir den Atem.

Abraham war bei all meinen Überlegungen und Entscheidungen immer die letzte Instanz. Die Planung der Hochzeit seines Sohnes Isaak schien auch in ihm ungeahnte Reserven aufzuwecken.

Wie gesagt, es waren hektische Wochen, voller Stress und Aufregung.

Und nur Isaak schien von dem Ganzen unberührt.

Die Trauer um seine Mutter Sara schien ihn, den sowieso stillen, verschlossenen jungen Mann, noch mehr in eine Art Apathie sinken zu lassen.

Oft sah ich Abraham einen sorgenvollen Blick in Richtung Zeltbereich der Frauen werfen. Hier hatte Sara gelebt und gewaltet und hier verkroch sich Isaak meistens, wenn er seine Tagesarbeit erledigt hatte.

Diesem stillen, traurigen, ja fast griesgrämigen jungen Mann sollte ich eine passende Braut besorgen. Mir schien es manchmal eine schier unlösbare Aufgabe, eine kaum zu bewältigende Herausforderung.

Am Abend vor der Abreise lag eine seltsame Ruhe über dem gesamten Nomadendorf.

Mit Sonnenuntergang hatte ich mich schon in mein Zelt zurückgezogen und saß mit dem Laptop auf den Knien aufgeregt in meinem Sitzkissen.

Jede einzelne Notiz, die ich hier festgehalten hatte, ging ich gewissenhaft noch einmal durch.

Hatte ich auch nichts vergessen?

Waren alle Eventualitäten bedacht?

Gab es Risiken, die mir als nicht ganz zu meistern schienen?

Mitten in meine Überlegungen schob sich der Türvorhang zur Seite und Abraham kam gestützt auf seine junge Frau in mein Zelt.

„Knie nieder, mein Sohn!",

befahl er mir in der ihm eigenen herrischen Art.

Er trat vor mich hin und legte mir beide Hände auf den Kopf.

"Der Herr, der Gott des Himmels und der Erde, der mich weggeführt hat aus dem Haus meines Vaters und aus meinem Heimatland, der zu mir gesagt hat und mir geschworen hat:

‚Deinen Nachkommen gebe ich dieses Land!',

er wird seinen Engel vor dir her senden, und so wirst du von dort eine Frau für meinen Sohn mitbringen.

Und denke daran, mein Sohn, achte die Träume, denn in ihnen offenbart sich unser Gott des Himmels."

Ich war über den Ernst seiner Worte erschrocken und nicht zum ersten Mal begann sich eine Angst in mir festzusetzen. Eine Angst, geschürt von dem Gedanken, was passieren würde, wenn ich scheiterte.

Gleichzeitig fühlte ich das unbändige grenzenlose Vertrauen auf Gott, das durch Abrahams Hände in mich strömte und Herz und Hirn mit seiner Kraft und seinem Glauben füllte.

Am nächsten Morgen brachen wir auf.

Jung und Alt waren auf den Beinen, um uns zu verabschieden. Alle schienen freudig erregt.

Die einen, weil sie zu einer abenteuerlichen Reise aufbrachen, die anderen, weil sie in Vorfreude auf eine große Hochzeit schon unserer Rückkehr entgegen zu fiebern schienen.

Nur Isaak stand wie teilnahmslos neben seinem Vater. Fast mürrisch sah er zu uns herüber, als wir dann endlich aufbrachen. Und im Rückspiegel meines neuen geländegängigen Fahrzeugs sah ich ihn als einen der Ersten sich umdrehen und im Zeltbereich seiner Mutter verschwinden.

Die nächsten Tage wurden ein Wechselspiel zwischen Lagerleben, Weg erkunden, vorausfahren und Erledigung von Formalitäten.

Viele Geldgeschenke wanderten in offene Hände und erleichterten Grenzübergänge.

Wir mieden die Städte und Ballungsgebiete und wanderten und fuhren am Rande der wüstennahe Zone immer weiter unserem Bestimmungsort entgegen.

Meistens fuhr ich mit dem Wagen voraus und versuchte an geeigneten Wasserstellen Plätze für unser Nachtlager zu finden. Dank der intensiven Vorbereitung und Vorplanung wurde die Reise fast zu einer Vergnügungstour.

Dann kam der Abend, da ich von einer hohen Sanddüne aus im Licht der untergehenden Sonne in der Ferne eine grüne Palmeninsel im sandfarbenen Meer ausmachen konnte.

Dort in den Zelten am Rande einer Oase hoffte ich, morgen die Verwandten Abrahams anzutreffen. Dort begann die schwierige Aufgabe für mich, eine Frau zu suchen für Isaak, den zukünftigen Stammesführer.

Ich hatte lange nicht mehr gebetet.

An diesem Abend ging ich in die Wüste hinaus. Vom fröhlichen Treiben unseres Lagers entfernt wollte ich ernsthaft mit Gott Zwiesprache halten.

Ich sank auf die Knie und bat Gott, den Herrn des Himmels:

Lass mich morgen Glück haben und zeig mir deine Huld bei der Suche nach dieser Frau für Isaak, wie du meinem Herrn Abraham deine Gnade gezeigt und nie verweigert hast.

Lange kniete ich dort im warmen Sand. Erst als die totale Finsternis einer Wüstennacht mich einhüllte, stand ich mit steifen Beinen auf und sank todmüde auf mein Lager.

In dieser Nacht hatte ich einen Traum:

Wie ein Außenstehender sah ich mich selbst in meinen besten Kleidern durch den Sand auf die ovale Wasserstelle der Oase Nahors, des Verwandten Abrahams, zugehen.

Hinter mir standen drei Männer aus meiner Begleitung mit zehn der schönsten Kamele und warteten auf mein Zeichen.

Auf dem ausgetretenen Pfad aus Richtung Nomadendorf kamen jetzt die Mädchen und jungen Frauen mit allerlei Behältern, um Wasser zu schöpfen. Sie kümmerten sich nicht um mich und nicht um die Männer und Tiere hinter mir. Alle hatten Schöpfgeräte mit und begannen ihre Plastikkanister und Krüge mit Wasser zu füllen.

Ich sah mich hinzutreten und hörte meine Stimme, als ich zu den jungen Frauen sprach:

„Reicht mir bitte etwas zu trinken, denn ich habe einen langen Weg hinter mir, um zu Nahors Nomadenlager zu finden!"

In dem Moment als ich mich dies sagen hörte, wusste ich die Lösung für meine Suche nach der Braut Isaak.

Das Mädchen, das mir etwas zu trinken anbieten würde und vielleicht auch noch meine Begleiter und Kamele mit einbeziehen würde, musste die Richtige für Isaak sein.

Und richtig!

Dort mitten aus der Schar der Frauen stand eine auf und ich sah, wie sie mit der Schöpfkelle auf mich zu schritt.

Das Tuch, das ihre Haare bedeckte, hatte eine hellgraue Farbe mit einem blauen Rand aus Stickereien und es beschattete vollständig ihr Gesicht.

Ich machte im Traum einen Schritt auf sie und mich selbst zu, um sie besser betrachten zu können, doch als ich mich nur ein klein wenig in meiner Rolle als Beobachter veränderte, war mein Traum vorbei und ich erwachte.

Jetzt, da alles vorbei war, hier zu Hause am Brunnen, spürte ich wieder diesen kalten Schweiß, mit dem ich aus diesem Traum erwacht war.

Diesmal stammte er jedoch von der Nachtkühle um mich herum. Ganz schnell war die Sonne untergegangen.

Die harte Oberfläche der gemauerten Brunnensteine hatten unangenehme Druckstellen in meinem Rücken hinterlassen. Ich rückte mich in eine gemütlichere Position zurecht und der Sand knirschte laut, als ich mich bewegte.

Vor mir schwieg die Wüste; hinter mir ertönten weiterhin die gedämpften Laute eines Nachtlagers. Die Menschen, die hier zu Hause waren, bereiteten sich auf die Nacht vor.

Und die eine, die ich hierher geführt hatte, würde morgen erwachen und Isaak zur Frau gegeben werden.

Ob sie mich in der Menge der Hochzeitsgäste suchen würde?

Ob sie mich vermissen würde?

Ich würde morgen nicht mehr da sein. Für uns beide würde es hier kein gemeinsames zu Hause geben.

Meine Gedanken sprangen zurück zu dem nächsten Morgen in der Oase Nahors.

Nach meinem Traum spürte ich auch damals ein Kribbeln und in den nächsten Schlaf nahm ich die Gewissheit mit, dass es für mich morgen ganz einfach sein würde, die Braut Isaaks an einem hellgrauen Kopftuch mit blauem Rand mit Stickereien zu erkennen.

Trotzdem schlief ich gut und traumlos noch den Rest dieser Nacht.

Am nächsten Morgen waren Menschen und Tiere nervös und aufgeregt. Alles machte sich schön und putzte sich heraus. Alle wollten mit in die Oase Nahors eilen. Trotz heftiger Proteste nahm ich nur drei Männer und die schönsten zehn Kamele mit auf den halbstündigen Weg.

An diesem Morgen bei einem schnellen Frühstück waren mir die Worte Abrahams wieder in den Sinn gekommen:

„Achte deine Träume, mein Sohn! Träume sind die Fingerzeige Gottes auf deinen Wegen."

So wollte ich ganz nach meinem Traum handeln.

Als wir zur Oase Nahors, des Verwandten Abrahams, kamen, ließ ich die Männer und Kamele halten und ging allein auf die Gruppe der jungen Frauen zu, die schon das Wasser für den Tagesbedarf ihrer Familien schöpften.

Zwei kleine Mädchen, die halfen beim Wasserschöpfen, sahen mich zuerst. Alle Frauen wandten sich zu mir um und mittendrin erblickte ich eine, die wie in meinem Traum ein hellgraues Kopftuch mit blauem Rand von Stickereien trug.

Ich ging direkt auf sie zu und je näher ich kam, desto mehr konnte ich von ihrem Gesicht und ihren Augen erkennen, die durch das Tuch beschattet wurden.

„Reich mir bitte etwas zu trinken, denn ich bin von weither unterwegs und durstig und müde."

Kommentarlos reichte sie mir ihre mit klarem Wasser gefüllte Schöpfkelle und ich sah sie ganz nah vor mir stehen und verlor mich in ihren Augen.

Mit immer stärker klopfendem Herzen sah ich ihre schön geschnittenen Gesichtszüge und das bezaubernde Lächeln darin.

Während ich noch spürte, dass in mir da etwas auflodert und mich erhitzte, griff gleichzeitig eine kalte Hand nach mir und wie eine Vorahnung war mir plötzlich klar, dass ich hier und jetzt meiner großen Liebe gegenüberstand.

Doch sie war nicht für mich bestimmt.

Ein heftiger Stich in meiner Brust machte mir die Wahrheit klar, dass ich die wahrscheinliche Liebe meines Lebens für jemanden anderen nach Hause führen würde.

Unsere Hände berührten sich, als ich das Wasser an die Lippen führte.

Sie fragte mich, ob sie auch meine Begleiter und die Kamele mit Wasser versorgen dürfte und ich konnte nur nicken.

Als sie danach zu mir zurückkehrte, um mich und meine Begleitung als Gäste in die Zelte Nahors einzuladen, fragte ich sie mit belegter Stimme nach ihrem Namen.

„Rebekka!", sagte sie nur und der Name klang wie ein Versprechen.

Ich reichte ihr den Goldschmuck und die Perlen und Edelsteine, die Abraham für die zukünftige Frau seines Sohnes mir anvertraut hatte.

Die Sonne ließ den Schmuck in meiner Handfläche aufleuchten, doch ihre Gestalt konnten diese Strahlen nicht aus meinem Blick verdrängen.

Dann sammelte ich mich wieder und stellte mich und mein Anliegen vor. Ich machte im Namen meines Herrn Abrahams ihr den Hochzeitsantrag und freute mich unbändig, als ein trauriger Zug sich um ihren Mund legte, da sie hörte, dass der ferne unbekannte Isaak ihr Auserwählter sein würde und ich nur der Vermittler und Brautführer war.

Mittlerweile hatten die anderen Frauen längst das Nomadenlager benachrichtigt und eine Menge Leute eilte uns entgegen, allen voran ein Mann, der meinem Patriarchen Abraham in jungen Jahren sehr ähnlich sah.

Ich verneigte mich vor ihm und erzählte ihm von meinem Auftrag.

Rebekka zeigte ihm den Schmuck und sah ihn stumm an.

Laban aber, wie er hieß, lud mich und meine ganze Begleitung als Gast in sein Zelt ein.

Dort vor den Ältesten und der versammelten Verwandtschaft wiederholte ich förmlich noch einmal meinen Antrag, der mir plötzlich fade und lästig schien.

Ich gab allen Geschenke und verteilte, wie es befohlen war, die Kamele und Schafe auf die wichtigsten Familienclans.

Laban stand dann irgendwann auf, stellte sich in die Mitte des Zeltes und bat mich an seine Seite zu treten.

Dann betete er intensiv zu Gott, dem Herrn des Himmels, dem Heiligen. Sein Gebet endete damit, dass er meine Suche nach einer Frau für Isaak als von Gott gelenkt ansah und ich so in dem Haus der Verwandten willkommen sei und meinen Auftrag würdig und folgsam ausgeführt habe.

Er zog Rebekka aus den Frauengemächern hervor und wieder zerriss ihr Anblick mein Herz. Er legte ihre Hand in meine Hand und sagte:

„Nimm sie und geh mit ihr zurück zu deinem Herrn Abraham!

Sie soll die Frau seines Sohnes werden, wie Gott es in seiner wundersamen Voraussicht gefügt hat."

Ich wurde von meinen Gefühlen fast überwältigt.

Wie es nicht schicklich war, dass ich die Braut länger als nötig ansah, so verbot es ihr der Brauch überhaupt, die Augen und den Kopf zu heben.

Obwohl ich so nicht viel von ihr sah, war ich trotzdem erschrocken über die Tiefe meiner Gefühle dieser mir bis gestern völlig fremden Frau gegenüber.

Ja selbst ihre Existenz war mir bis heute nicht bekannt gewesen. Ich wagte kaum zu atmen und fühlte nur ihre Hand in meiner ruhen und ich genoss das Gefühl die Innenfläche ihrer Hand zu spüren jeden Sekundenbruchteil, den ich sie halten durfte.

Und dann durchzuckte es mich wie ein elektrischer Schlag.

Sie hatte ganz leicht meine Hand gedrückt.

Keiner hatte was gesehen. Keiner hatte es bemerkt. Es konnte aber kein Irrtum sein.

Noch jetzt, in dieser Nacht hier am Brunnen begann mein Herz zu rasen, als ich mich an diese Szene erinnerte.

Ich hatte es nicht geschafft, weiter auf die Reden der Verwandten Rebekkas zu achten. Wichtig war mir nur noch dieser kurze Händedruck ihrerseits, der mir mehr versprach als das Paradies.

Ich hatte dann ganz leicht und sanft diesen Druck erwidert und spürte nach einer kurzen Weile wieder den leisen Druck ihrer Hand.

Kein Lächeln, kein Kuss, kein Blick konnte mehr versprechen.

Im Nachhinein glaube ich nicht, jemals etwas so intensiv gespürt zu haben, wie die leichte Umklammerung ihrer Finger auf meinem Handrücken und die Feuchte zwischen unseren Handflächen.

Im Nu war dieser Zauber vorbei.

Die Zeremonie des Verlöbnisses verlangte von mir eine Gegenrede. Ich glaube, die Hand in meiner Hand gab mir all die warmen und einfühlsamen Worte ein, die ich an der Stelle Abrahams an seine Verwandten zu richten hatte.

Keinen Augenblick, während dieser gesamten Zeremonie vergaß ich die zarte Hand, die ich fest umfasst hielt. Ich bin versucht zu behaupten, dass mir noch nichts so schmerzte wie der Augenblick, als ich ihre Hand loslassen musste.

Die Verwandten Rebekkas zogen unseren Aufenthalt immer wieder in die Länge. Nachdem die Verhandlungen über den Mohar, den Brautpreis ausgetragen waren, ließen sie uns nicht einfach ziehen, sondern boten immer weiter ihre Gastfreundschaft an, die wir natürlich nicht ablehnen konnten.

Und meine Begleiter fühlten sich wohl, dort unter Verwandten.

Weil Rebekka jetzt offiziell die Verlobte Isaaks war, sah ich sie nicht mehr.

Sie war unsichtbar vor den Augen eventueller Verehrer gemacht worden. Und mit jedem Tag mehr im Lager und mit jedem Gang zur Wasserstelle, in der Hoffnung sie dort wiederzutreffen, und mit jeder Nacht allein im Zelt wuchs meine Sehnsucht.

Als es unhöflich wurde, länger zu bleiben, und selbst die Geduldigsten mein Drängen zum Aufbruch verstehen konnten, kam der Morgen der Rückkehr.

Meine perfekte Planung, meine Freude am Organisieren, mein Elan, alles war dahin.

Mit vielen guten Wünschen und der Herabbitte von Gottes Segen auf uns zogen wir in Richtung Heimat.

Für einen kurzen Augenblick sah ich wieder in Rebekkas Augen, als sie mir zugeführt und übergeben wurde. Sie lächelte mich an und mein Plan mit ihr auf der Rückreise still und heimlich in die weite Welt zu entschwinden, schien vor ihr ein stillschweigendes Einverständnis zu finden.

Mit einem geschrumpften und wesentlich kleineren Tross zog ich der Bestimmung meines Schicksals entgegen.

Abends, wenn die Zelte aufgebaut waren für die Nacht und die Feuer brannten, wenn meine Begleiter in ihren Erzählungen sich auf zu Hause freuten, ging ich an den Rand des Lagers, bis ich alle Geräusche nur noch entfernt vernahm.

Dort draußen, alleine mit Sand, Dunkelheit, Sternen und Gott trugen dann Herz und Verstand ihren einsamen Kampf miteinander aus.

Mein Herz träumte dann von der Berührung dieser zarten Hand, von der Entdeckung des Körpers, der dazu gehörte, und von dem Liebesrausch, der jener leichte Händedruck verheißen hatte.

Mein Verstand rechnete analytisch die Möglichkeiten durch, die mir offen standen, wenn ich mit Rebekka ihrer Bestimmung entfliehen würde.

Der eine Weg war, meiner Verantwortung und Aufgabe gerecht zu werden, Isaak seine Braut zuzuführen und in den Augen aller, besonders Abrahams und Gottes, pflichtbewusst die Position auszufüllen, die meinem Schicksal vorgegeben war, nur Brautführer zu sein.

Meine große Sehnsucht und die Liebe meines Lebens mussten dann hier und jetzt begraben werden, waren nicht realisierbar und würden ein stiller, innerlicher Traum bleiben.

Der andere Weg wäre, alle Konventionen über Bord zu werfen, meinen Gefühlen und Sehnsüchten nachzugeben und mich in ein Abenteuer zu stürzen, dessen Ausgang prickelnd aber höchst ungewiss war. Aber die Frau meiner Liebe wäre dabei an meiner Seite.

Der eine Weg machte mich traurig und deprimiert.

Der andere Weg schreckte mich ab, ob der vielen offenen Fragen und Gefahren, die in ihm schlummerten.

Dieser allnächtliche Kampf raubte mir den Schlaf und zehrte an meinen Kräften.

Meist kurz vor Sonnenaufgang schleppte ich mich total unentschlossen auf meine Schlafmatte, um für ein oder zwei Stunden zu einem unruhigen, von Angstträumen gequälten Schlaf zu finden.

An unserem letzten Abend da draußen vor unserer Heimkehr gab ich die Zustimmung zu einer Feier. Meine Begleiter wollten die letzten Stunden ihrer Freiheit genießen, bevor wieder im Nomadenlager der Alltag über sie hereinbrechen würde.

Mir war nicht nach Feiern zumute.

Schnell zog ich mich aus dem fröhlichen Kreis am Feuer wieder in die Nachtschatten der Wüste zurück, um meinen heimlichen Kampf, der immer noch nicht entschieden war, zu Ende auszutragen.

Während unserer Reise hatte ich Rebekka immer nur kurz und schemenhaft gesehen.

Einer ihrer Vettern fuhr den von Abraham zur Verfügung gestellten Wagen, in dem sie mit uns fuhr. Ständig waren zwei Frauen um sie herum und schirmten sie ab.

Wenn ihr Zelt aufgebaut war, stieg sie aus dem Wagen und verschwand darin, um morgens daraus wieder aufzutauchen und in ihrem Fahrzeug meinen Blicken zu entschwinden.

Sollte mein Herz gewinnen, wie sollte ich sie erreichen?

Sollte meine Sehnsucht die Oberhand behalten, wie konnte ich mich ihr eröffnen?

So schien auch der letzte Abend mir wie der Sand der Wüste durch die Finger zu gleiten. In dieser dunkelsten Stunde meines Lebens, als meine totale Unentschlossenheit mich lähmte wie ein tödliches Schlangengift, schob sich plötzlich eine kleine warme Hand wieder in meine.

Mit maßlosem Erstaunen nahm ich wahr, dass Rebekka dort alleine in der Verborgenheit der Nacht neben mir stand.

Ihre vertraute Geste, als sie meine Hand drückte, zeigte mir das ganze Ausmaß meiner Gefühle.

Und dann hörte ich ihre Stimme:

„Alle feiern und sind fröhlich. So hat niemand auf mich achtgegeben und keiner weiß von meinem Verschwinden."

Sie schwieg eine kurze Zeit, in der ich krampfhaft nach Worten suchte und keine fand.

Dann durchbrach der Klang ihrer Stimme wieder das Schweigen der Wüstennacht um uns herum:

„Als ich dir an der Wasserstelle unserer Oase meine Schöpfkelle reichte, glaubte ich, mein Herz würde aussetzen.

Alle meine Gebete zu unserem Gott schienen Realität geworden zu sein.

Meine Träume von einem Mann, der mich aus dem Zwang meiner Verhältnisse in eine moderne Welt der Verheißungen führen würde, waren dort in dir personifiziert worden vor mir.

Doch du warbst für einen anderen.

Doch du warst gekommen, um mich genau in die Bestimmung hineinzuholen, aus der ich fliehen wollte.

Du solltest nicht mein Befreier werden, sondern mich nur in eine andere Form der Abhängigkeit entführen.

Unser Händedruck zeigte mir jedoch unsere Seelenverwandtschaft.

Unser Händedruck war ein Blick durch das Schlüsselloch in eine große Liebe.

Du kannst dich nicht deiner Verantwortung entziehen und ich kann meinem Schicksal nicht entrinnen.

Und doch habe ich dieses eine Mal deine grenzenlose Liebe und deine Sehnsucht gespürt.

Ich war versucht, mit dir allein zu entfliehen, aber Gott hat mir einen Traum gesandt, der mir meinen Weg mit Isaak vorgezeichnet hat."

Ich war viel zu entsetzt, um zu antworten.

Meine Träume und Hoffnungen zerplatzen wie eine Seifenblase. Ein Gefühl der Leere und des Versagens breitete sich wie ein Fieber in meinem Körper aus.

Gott war meinem Zögern zuvor gekommen, hatte es ausgenutzt und mich hintergangen.

Oder war ich nur naiv und blind gewesen all die Zeit?

Waren nur meine Sinne und Gedanken betäubt gewesen von einem tiefen Blick und einem zarten Händedruck?

Während ich noch dem schmerzlichen Verlust nachtrauerte, hatte mich die zarte Hand längst verlassen.

Für immer verlassen.

Es war vorbei.

Meine Pfeife war ausgegangen.

Hier am Brunnen war es jetzt empfindlich kalt geworden. Die Geräusche in Abrahams Lager waren verklungen und hatten die Stille des Schlafes eingelassen.

Abrahams Lager!

Ich dachte schon nicht mehr daran als an mein zu Hause. Mit dem Aufgang der Sonne würde ich fortgehen.

Es war vorbei.

Mit der Ankunft heute Morgen war ein Schlussstrich erfolgt.

Ich hatte Rebekka aus dem Wagen geholfen. Ihre Hand lag kalt und teilnahmslos in der meinen, als wir auf die wartenden Menschen am Rande der Zelte zugegangen waren.

Abraham stand auf seine junge Frau gestützt dort und neben ihm Isaak. Ich übergab die Hand meiner Sehnsucht in die Hand Isaaks, wie ich auch jeden anderen Gegenstand übergeben hätte.

Teilnahmslos nach außen, im Innern aufgewühlt wie ein sturmgepeitschter See berichtete ich später im Zelt Abraham und den Ältesten von meiner Reise. Ich legte Rechenschaft ab.

Alle nickten zum Schluss anerkennend, freuten sich über die Wünsche der fernen Verwandten und lobten mich, der seinen Auftrag so hervorragend erfüllt hatte.

Nur den Augen Abrahams entging nichts.

Als ich vor ihm niederkniete, um mir seinen Segen geben zu lassen, hörte nur ich seine leisen

Worte, die das aussprachen, was ich in meinem Herzen längst beschlossen hatte.

„Am besten du verlässt uns vor dem Morgengrauen, mein Sohn!"

Dann legte er mir die Hände auf den Kopf und segnete mich mit den Worten:

„Gott, der Heilige, behüte dich, wo immer du auch sein magst."

Jordanien: Die Totenstadt „Petra"

Wir hatten mit unserer Gruppe in den letzten acht Tagen faszinierende Orte besucht. Angefangen hatten wir auf dem Zitadellenhügel von Aman, dem Rabbat-Ammon der Bibel.

Wir waren zum Jabbok gewandert und hatten an den Ufern einer Furt uns in die Geschichte aus der Bibel versenkt, wo vom Brüderpaar Esau und Jaakov die Rede ist. Vom Diebstahl des Erstgeburtsrechts und dem Segen des Vaters über den jüngeren Jaakov hatten wir gelesen, von seiner anschließenden Flucht und seinem Kampf mit dem Unbekannten bei seiner Rückkehr hier an dieser Furt. Eine lahme Hüfte und den Namen Israel, was Gottesstreiter bedeutet, hatte ihm dieser Kampf eingebracht.

Wir waren durch die alt-biblische Landschaft Gilead gefahren und hatten die archäologischen Ausgrabungen der hellenistisch-römischen Dekapolisstädte Gerasa und Gadara besichtigt.

Die heutigen Orte dort hießen Dscherasch und Umm-Qeis und hörten sich eher nach Stätten aus einem Märchen von tausendundeiner Nacht an, als nach Überbleibseln einer Jahrhunderte langen Besiedlung.

In Deir Alla, dem biblischen Sukkot, besichtigten wir den Tell, wie der Ausgrabungshügel genannt wird, und alle waren sprachlos, wie sorgsam und mit welcher Akribie die hier arbeitenden Archäologen und Hilfskräfte mit Spatel und Pinsel sich durch die mit Scherben gespickten einzelnen Besiedlungsschichten arbeiteten.

Ein Höhepunkt war gewiss die Besichtigung der berühmten Mosaikkarte des Heiligen Landes in der Kirche von Madeba und der Panoramablick vom Berg Nebo in Richtung Jordan, auf die judäsche Wüste und in das gelobte Land.

Einige Teilnehmer behaupteten nachher im Bus, sie hätten die goldene Kuppel des Felsendoms in Jerusalem vom Berg Nebo aus funkeln gesehen und sie deutlich wahrgenommen.

Auch wenn es sich dabei vielleicht um eine Sinnestäuschung gehandelt haben mag, der Ausblick, den wohl auch Mose von hieraus genossen haben soll, da es ihm ja verwehrt war, einen Fuß in das gelobte Land zu setzen, war jenseits aller Vorstellungskraft, die man von irgendwelchen Bildbänden vermittelt bekommt.

Für einen weiteren Höhepunkt sorgte dann der Fußweg hinauf durch die Nachmittagshitze zur Festung Machärus, die Herodes erbauen ließ.

Hier spielte sich zurzeit Jesus wohl die Enthauptung Johannes des Täufers ab.

Über die Straße der Könige hatten wir dann in Petra Quartier bezogen und waren durch diese für mich eindrucksvollste aller Ausgrabungsstätten gewandert.

Da es sich um eine biblische Reise handelte, waren an vielen Orten immer wieder Stellen aus dem Alten Testament vorgelesen worden, die mit unserer Reiseroute direkt zu tun hatten.

Am diesem Tag in Petra, bei der Besichtigung von ausgewählten Grabmonumenten und Triklinien war "der Tod" unser Thema gewesen.

Durch die Eingangsschlucht, den Sik, vorbei am "Schatzhaus des Pharaos", das schon in einem Indiana Jones-Film eine Rolle gespielt hatte, stiegen wir viele ausgetretene Stufen zu einem aus dem Felsen gehauenen Saal (Triklinium) hinauf, dem Löwen-Greifen-Tempel.

Auszüge aus Psalm 88 sollten uns hier hoch über der Totenstadt Petra mit dem Tod und seiner Bedeutung im semitischen Umfeld vertraut machen.

Es war eigentlich ein wundervoller Morgen mit einem herrlichen Blick auf die noch zum größten Teil unter dem Schutt der Jahrtausende ruhenden Tempel und Gebäude in der Stadt der Lebenden.

Das Thema "Tod" war natürlich passend in unserem Teil, in dem ein Grabmonument neben dem anderen aus dem bunt schimmernden Stein herausgearbeitet war.

Nach dem Dunkel im Saal des Löwen-Greifen-Tempel, nach dem Rezitieren des Psalms und der Deutung des semitischen Totenkultes trat ich in sehr melancholischer Stimmung heraus auf die Plattform und versuchte einen Konsens zu finden zwischen dem Dunklen und Bedrückenden, aus dem ich entkommen war und der Schönheit der Landschaft im Sonnenlicht, die sich bis zum Horizont vor mir auftat.

Ich spürte plötzlich die Anwesenheit einer anderen Person und sah aus den Augenwinkeln, wie sich jemand neben mich stellte, die Hände in den Taschen vergraben, und ebenfalls die herrliche Aussicht vom Talkessel Petras genießen wollte.

Beide blickten wir hinaus in die Landschaft und schwiegen.

Ich merkte, dass mich dieses Schweigen belastete. Ich wollte irgendetwas Aufbauendes sagen, etwas Unverfängliches, etwas, was auch nicht meine Stimmung verriet und niemand vor den Kopf stieß.

Doch ehe ich überhaupt etwas sagen konnte, redete mein Nebenmann mit dem Blick auf die Petra umgebenden Berge gerichtet.

Und er sprach so, als spräche er zu ihnen: "Dies ist nicht die Art von Tod, die mir vorschwebt!",

meinte er. Und dann wiederholte er auswendig Wort für Wort die Klage des Psalms:

"Herr, du Gott meines Heils,
zu dir schreie ich am Tag und bei Nacht.
Lass mein Gebet zu dir dringen,
wende dein Ohr meinem Flehen zu.
Denn meine Seele ist gesättigt mit Leid,
mein Leben ist dem Totenreich nahe.
Schon zähle ich zu denen,
die hinabsinken ins Grab,
bin wie ein Mann, dem alle Kraft genommen ist.
Ich bin zu den Toten hinweggerafft,
wie Erschlagene, die im Grabe ruhen;
an sie denkst du nicht mehr,
denn sie sind deiner Hand entzogen.
Du hast mich ins tiefste Grab gebracht,
tief hinab in finstere Nacht."

Er schwieg.

Es blieb eine ganze Weile still zwischen uns.

Trotz der warmen Sonne war mir ein Schaudern über den Rücken gekrochen.

Das wäre nicht seine Vorstellung von Tod, sagte er plötzlich in die Stille hinein, die nur von arabischen Rufen unten aus dem Tal durchbrochen wurde.

Er könne sich nicht vorstellen, dass Gott ihn in die Finsternis und Einsamkeit eines kalten Grabes hinabsinken ließ und dass Gott außerdem dort keine Macht mehr habe.

Er erklärte mir, dass man in seinem Alter des Öfteren sich schon Gedanken über den Tod machen würde.

Wie würde er kommen?

Langsam?

Schleichend?

Mit Schmerzen und Unwürdigkeit behaftet?

Würde er schnell kommen wie das Schwert des Henkers?

Oder wie ein Schuss aus einer Pistole?

Wie sollte er ihn erwarten, fragte er die zerklüfteten Gipfel des Seir Gebirges.

Wie einen Freund?

Wie etwas Unwiederbringliches?

Wie das absolute Ende?

Ich hörte nur zu, lauschte seinen Worten nach und fühlte mich auf einmal viel unheimlicher hier im Sonnenlicht als kurz vorher im dunklen Gewölbe des Löwen-Greifen-Tempels. Jetzt sah er mich unmittelbar an und redete direkt mit mir, als er meinte, er wäre schon viele Tode gestorben.

"Jeder Abschied von lieben Freunden und lieben Menschen ist bereits ein kleiner Tod.

Jedes Ablegen einer Gewohnheit,
jedes <Begraben einer Liebe>,
jedes Verabschieden eines Traumes
sei ein klein wenig sterben."

Er wollte, wenn es so weit sei, wie ein Prärieindianer sterben, sprudelte es plötzlich aus ihm heraus.

Mit einem Seitenblick auf mich machte er eine kleine Pause.

Meine Gedanken waren noch bei dem dunklen finsteren Ort unter der Erde, doch er schien dies nicht zu merken, denn er zeigte jetzt übergangslos mit dem Arm in den blauen Himmel auf ein kleines Wolkenband, das bisher aller Sonneneinstrahlung getrotzt hatte.

Er wartete, bis er sicher war, dass ich die Wolke sah, die er meinte.

"Wenn ich sterbe, möchte ich dort oben auf dem Wind gehen in einer ewigen Vorwärtsbewegung dem Licht Gottes entgegen."

Das habe er aus alten Indianergeschichten gelernt.

Wie viel Wärme, wie viel Positives würde diese Vorstellung ausstrahlen. Wenn man tot ist, als Licht- und Windwesen dahinzutreiben in der ewigen Erinnerung Gottes.

Wie anders war diese Vorstellung als die von einem finsteren von Gott und Menschen verlassenen kalten Ort unter der Erde.

Er zeigte noch einmal in Richtung der Wolke und vergewisserte sich mit einem Seitenblick auf mich, dass ich ihn auch verstand.

Dort oben würde er sterben gehen, wenn denn seine Zeit gekommen sei. Unvermittelt trat ein warmes Lächeln auf sein Gesicht und seine linke Hand packte mich am Oberarm, während seine andere Hand eine wegwischende Bewegung machte.

Dann meinte er, es sei viel zu schade, an einem so wunderschönen Morgen in einer so interessanten Stadt so trübsinnigen Gedanken nachzuhängen.

Und plötzlich kehrte die Wärme dieses warmen Sonnentages in mir zurück.

Jordanien:
Im Wadi Rum

Heute waren wir im Wadi Rum angekommen. Bei einem kurzen Aufenthalt in einem Nomadendorf, wurde jedem Teilnehmer ein Gläschen unheimlich schwarzen Kaffees serviert.

Der Kaffee war gewürzt mit Kardamom und stark gesüßt, sodass die Löffel Mühe hatten, durch den zähen Brei am Grund des Gläschens zu kommen.

Dann stiegen wir auf Jeeps und fuhren in die Wüste hinaus. Für die Fahrt auf den offenen Wagen hatten wir uns warm anziehen müssen, denn die Morgensonne konnte die Kühle der Wüstennacht nur langsam verdrängen. Dazu kam noch ein heftiger Fahrtwind.

Die Nomadensöhne fuhren ihre halb offenen Pritschenwagen mit einer halsbrecherischen Rasanz über die von Spuren zerfurchten Sandwege in ein atemberaubendes Panorama hinein.

Diese erste Wüstenerfahrung war für mich tief greifend und elementar.

Als ich zum ersten Mal den roten fein gemahlenen Sand durch die Finger gleiten ließ, war das wie ein freudiges Wiedererkennen von etwas, das ich sehr lange vermisst zu haben schien.

Dazu kam der Blick in die weiten Sandtäler und als Horizontbegrenzung die Kalksteinmassive in immer anderen Formen und Farben.

Dass mein Empfinden und mein tiefer Eindruck, den die Landschaft auf mich machte, nicht von allen geteilt wurde, merkte ich schon daran, dass andere aus der Gruppe das gleiche Szenario als einsam, trostlos und kahl charakterisierten.

Wir waren auf ein Felsmassiv zugefahren und im Näherkommen konnte ich vor einem dunklen, schmalen Taleinschnitt einen einzelnen Baum erkennen.

Die Jeeps hielten, wir stiegen aus und folgten dem jordanischen Reiseleiter, der für diesen Tag und die kommende Nacht unser Begleiter war.

An dem einzelnen Baum, der alt und traurig, aber mit vielen grünen Blättern den Eingang der schmalen Schlucht zu bewachen schien, hielten wir an.

Der jordanische Reiseleiter wartete, bis alle Teilnehmer sich in einem Halbkreis um ihn gesammelt hatten und erklärte dann, dass überall da im Wadi Rum, wo Wasser zutage treten würden, sofort eine mannigfaltige Art von Vegetation entstanden sei.

Hier, am Eingang zu einer natürlichen Wasserader, stände ein Baum, der schon sehr alt wäre und den sein Großvater schon gekannt habe.

Wenn wir gleich neben diesem kleinen Wasserrinnsal auf einem schmalen Steg in die Schlucht einsteigen würden, sähen wir über uns an den Wänden uralte Felszeichnungen.

Diese Felszeichnungen und bestimmte Opfergaben, die man um diesen Baum herum gefunden und ausgegraben hätten, wären ein Zeichen dafür, dass hier seit Urzeiten besonders wegen des Vorkommens von Wasser ein so genannter "Heiliger Ort" gewesen sei.

Die Felszeichnungen waren beeindruckend, nicht was den künstlerischen Wert anging, sondern allein dadurch, weil ich mir vorstellte, in welch grauer Vorzeit sie wohl mit welchem Hintergrund entstanden waren.

Als ich aus dem schmalen Felsspalt wieder in die Sonne hinaustrat, waren die Jeeps, die uns hergebracht hatten, in der Ferne nur noch als Staubwolke auszumachen. Sie würden unser Nachtlager irgendwo im Wadi Rum vorbereiten.

Eine Nacht in der Wüste.

Mit einem letzten Blick auf den heiligen Baum wanderten wir los.

Während der Stunden Fußmarsch, die wir nun vor uns hatten, versickerten ganz allmählich die Gespräche. Die Sonne nahm an Stärke zu und die Hitze des Tages begann, sich wie ein Tuch auf uns zu legen.

Ich glaubte, die Wüste begann auf die meisten von uns zu wirken. Nach und nach verschwand ein warmes Kleidungsstück nach dem anderen in unsere Rucksäcke. Je höher die Sonne stieg, desto mehr verhüllten wir uns mit Kappen, Schals und leichten Tüchern und bald waren nur noch Sonnencremes und Sonnenbrillen gefragt.

Immer öfter griffen wir zu den Wasserflaschen und tranken deren lauwarmen Inhalt, weil wir das Gefühl hatten, sonst auszutrocknen.

Nach zirka zwei Stunden Wanderung stießen wir auf einen weiteren Taleinschnitt, der mehrere Meter breit mit rotem Sand wie mit einer Gletscherzunge gefüllt war.

Grüne Pflanzen, die einen tollen Kontrast zum roten Untergrund bildeten, erzählten uns auch hier von Wasser, das ihren Wuchs erst ermöglichte.

Am Ende der Sandlagune ragte ein hoher Felsen in den Himmel mit einer glatten Oberfläche, die übersät war mit seltsamen Zeichen.

Unser jordanischer Reiseleiter erklärte uns, es würde die Legende erzählt, Lawrence of Arabia habe diese Quelle entdeckt. Aber wie aus den nabatäischen und arabischen Inschriften zu ersehen sei, wären dieser Platz und dieser Stein schon seit sehr langer Zeit Treffpunkt von Karawanen der Wüstenstämme, weil es hier eine kleine Wasserstelle gäbe.

Und dann erzählte er die Geschichte von einem anderen ähnlichen Stein mitten irgendwo im Wadi Rum. Auf dem hatte jemand die Worte seiner Liebesqual eingeritzt:

"Ich frage alle Leute, die verliebt sind.
Wenn jemand verliebt ist, was kann er machen?"

Danach war er wohl weitergezogen, denn seine Schrift brach hier ab und einer der später diese Inschrift las, hatte darunter geschrieben:

"Wenn jemand verliebt ist,
dann sollte er immer ruhig bleiben.
Er sollte schweigen und nichts weitererzählen.
Und er sollte versuchen,
für sich selbst eine Lösung zu finden."

Aber auch dieser Spruch blieb nicht unkommentiert.

Wieder eine Zeit später war ein Dritter auf die Idee gekommen, die Aussagen seines Vorgängers in Frage zu stellen.

In einer wieder völlig anderen Schrift stand nämlich dort:

"Wie kann jemand geduldig bleiben?
Wie kann man schweigen
und nichts weitererzählen?
Wie kann man für sich selbst eine Lösung finden,
wenn einem jeden Tag das Herz durch Liebeskummer stirbt?"

Schließlich hatte noch ein Vierter eine Antwort in den Stein gemeißelt:

"Wer nicht geduldig ist,
wer nicht schweigt und für sich behält,
wer nicht für sich selbst versucht,
eine Lösung in seinem Innern zu finden,
der wird an seinem Liebeskummer sterben."

Der traurigste Spruch war dann der Fünfte und letzte auf dem Stein, der alle Aussagen der Vorgänger aufgriff und verkündete:

"Ich bin nicht geduldig.
Ich kann nicht mehr schweigen.
Ich finde für mich im Innern keine Lösung.
Ich werde in die Wüste hinausgehen
und sterben."

Es war still unter den Teilnehmern, nachdem der jordanischen Reiseleiter seine Geschichte beendet hatte.

Jetzt war es Abend geworden und hier am Lagerfeuer zwischen den Nomadenzelten war dann die Idee gereift, jeder Teilnehmer sollte eine Liebesgeschichte erzählen. Ob eine eigene Geschichte oder eine von anderen Personen, ob es eine romantische oder traurige Geschichte sei, war dabei nicht wichtig.

Wir hatten Reis gegessen, den die Beduinen für uns gekocht hatten, und dazu Fleischstücke vom Lamm über dem offenen Feuer gebraten.

Wein hatten wir zum Essen getrunken, der den einen oder anderen schon ein bisschen in Stimmung versetzt hatte. So war die Idee mit der Erzählung über eine Liebschaft ohne viel Widerstand aufgegriffen worden und fast alle hatten sich, ohne lange gebeten zu werden, mit einem längeren oder kürzeren Beitrag daran beteiligt.

Jetzt rückte sich Adam zurecht, räusperte sich und vergewisserte sich, dass die Aufmerksamkeit aller auf ihn gerichtet war.

Und dann erzählte er seine Liebesgeschichte.

"Als ich einmal jung war",

begann er schmunzelnd,

"da war ich begierig, viel zu lernen.

Ich war nie besonders fromm, aber wissbegierig, alles zu erfahren, was mit meinem christlichen Glauben zusammenhing.

Um mehr über die Bibel und das Alte Testament zu lernen, meldete ich mich zu einem Seminar an, wo Themen aus dem Alten Testament eingehend behandelt, vertieft und mit Hintergrund versehen wurden.

Es war ein Kreis von Männern und Frauen unterschiedlichen Alters und Temperaments, so wie wir heute Abend hier.

Wir hatten schon ein paar Themen besprochen und uns manches Wochenende zusammen bereits in die Geschichte und die Geschichten des Alten Testaments vertieft, als jener denkwürdige Sommernachmittag begann mit einem harmlosen kreativen Arbeitsauftrag.

Wir teilten uns in kleinere Gruppen ein und bald darauf fand ich mich als einziges männliches Wesen unter Frauen wieder, um den Garten Eden nach der zweiten Schöpfungsgeschichte künstlerisch im Miniaturformat zu gestalten.

Eine der Frauen las die Geschichte aus Genesis Kapitel zwei vor.

Es war eine Textfassung, die sich nahe am hebräischen Text orientierte.

Sie lautete ungefähr so:

Am Tage, da Gott Erde und Himmel machte - noch nicht war irgendein Gesträuch des Feldes auf der Erde, noch nicht war irgendein Kraut des Feldes gewachsen; denn Gott hatte noch nicht regnen lassen auf die Erde und es gab keine Erdkreatur, um die Erde zu bebauen.

Feuchtigkeit stieg aus der Erde auf und befeuchtete die ganze Oberfläche des Ackerbodens.

Da formte Gott die Erdkreatur mit Staub aus der Erde, dann blies er ihr in ihre Nase Lebensatem ein und so wurde die Erdkreatur zu einem lebendigen Wesen.

Dann pflanzte Gott einen Garten in Eden im Osten und setzte dorthin die Erdkreatur, die er geformt hatte. Und Gott ließ aus der Erde allerlei Bäume wachsen, lieblich anzusehen und gut zu essen; und zwar den Baum des Lebens in der Mitte des Gartens sowie den Baum der Erkenntnis des Guten und des Bösen.

Und ein Strom entspringt in Eden, der den Garten bewässert; dort teilt er sich und wird zu vier Hauptflüssen ......

Und Gott nahm die Erdkreatur und setzte sie in den Garten von Eden, um ihn zu bebauen und zu bewahren. Dann befahl Gott der Erdkreatur folgendermaßen:

‚Von allen Bäumen des Gartens darfst du sehr wohl essen, aber vom Baum der Erkenntnis des Guten und des Bösen darfst du nicht essen, denn an dem Tag, an dem du von ihm essen wirst, musst du unbedingt sterben.'

Dann sprach Gott:

‚Es ist nicht gut, dass die Erdkreatur allein ist. Ich will ihr eine Hilfe schaffen, die zu ihr passt.'

Die Erdkreatur nannte Namen für alle Lebewesen des Feldes, aber es fand sich keine Hilfe für die Erdkreatur, die zu ihr passte. Da ließ Gott einen tiefen Schlaf auf die Erdkreatur fallen, und sie schlief ein. Dann nahm er eine von ihren Rippen und schloss die Stelle mit Fleisch. Und

Gott baute die Rippe, die er von der Erdkreatur genommen hatte, zu einer Frau und brachte diese dann zur Erdkreatur.

Da sagte die Erdkreatur:

‚Dieses Mal ist es Bein von meinem Bein und Fleisch von meinem Fleisch. Diese wird ‚Frau' genannt werden, denn von ‚Mann' ist diese genommen. Deshalb verlässt ein Mann seinen Vater und seine Mutter und hängt an seiner Frau, und sie werden ein Fleisch.'

Und die beiden waren nackt, die Erdkreatur und seine Frau, aber sie schämten sich nicht voreinander.

Der ungewohnte Text erforderte viel Aufmerksamkeit.

Die Stimme der Frau jedoch, die ihn vorlas, ihre Körperhaltung, ihre Ausstrahlung, alles Dinge, die ich übrigens nicht zum ersten Mal wahrgenommen hatte, verzauberten mich an diesem Tag und schlugen mich in ihren Bann.

Bei der anschließenden künstlerischen Gestaltung unseres Gartens Eden berührten sich unsere Hände zufällig mehrmals und brachten ganz tief versteckt in mir etwas zum Klingen.

Den ganzen weiteren Tag über war ich wie benommen. Etwas Neues hatte mich gefangen genommen, mich beeindruckt und mir ein ganz neues und seltenes Gefühl beschert.

Wieder zu Hause erzählte ich meiner Frau diese Vorkommnisse völlig offen und unbefangen, da ich nie irgendwelche Geheimnisse vor ihr gehabt hatte. Sie sah mich lange an und schien mit etwas zu kämpfen.

Nach einem längeren Schweigen und einem wie auch immer gewonnenen inneren Kampf sagte sie dann zu mir, ob ich wüsste, dass nach meiner *wundervollen Schöpfungsgeschichte knallhart die Geschichte vom Sündenfall folgen würde?*

Ich hatte es gewusst, aber einfach diese Erkenntnis unterdrückt oder ignoriert. Abends im Bett las ich diese Geschichte vom Sündenfall und aß damit auch vom Baum der Erkenntnis.

Meine Erkenntnis brachte mir die Gewissheit, dass ich mich in diese Frau aus dem Garten Eden verliebt hatte.

Meine Erkenntnis brachte mir die Gewissheit, dass ich anfing, meine bisher heile Welt und mein Eheglück zu zerstören durch diese neuen Gefühle.

Jene Frau aus dem Paradies wurde in Gedanken immer mehr meine Geliebte, mein Engel mit dem Flammenschwert, meine Göttin, die mich mit Nichtbeachtung genauso strafte wie mit einer Umarmung.

Die Folge meiner Verliebtheit war der Verlust der Unbefangenheit.

Ich erkannte plötzlich, dass ich nackt war, verletzlich, den Reizen der Natur gnadenlos ausgeliefert. Ich schämte mich vor meiner Frau und vor mir selbst. Das Kosten vom Baum des Lebens hatte zwei Seelen, zwei Lieben und zwei Wunden in meiner Brust hinterlassen.

Die Wunde, welche die Frau im Paradies mir zufügte, wurde nie geheilt.

Auch jetzt und hier unter den Sternen der Wüste vor dem knisternden Feuer ist in mir immer noch diese unendliche unerfüllte Sehnsucht nach der Frau aus dem Garten Eden.

Und nach der Erzählung unseres jordanischen Reiseleiters über die Inschriften auf dem Stein in der Wüste von heute Nachmittag weiß ich jetzt, dass es für diese Liebe nur ein Ende gibt. Nämlich in die Wüste zu gehen und dort zu sterben."

Adam schwieg.

Jemand aus unserem Kreis begann zu klatschen, zögerlich zuerst, doch dann klatschten alle mit und immer stärker.

Vielleicht klatschten sie nur, weil sie eine schön erzählte Geschichte gehört hatten und dem Erzähler Applaus nicht verweigern wollten.

Der Applaus löste jedenfalls die Beklemmung und alle schienen erleichtert und ereiferten sich über eine so tolle Erzählung.

Und Adam saß da und nahm diese Huldigung mit seinem leichten Schmunzeln entgegen.

Negev:
Der Dornbusch

Der alte Mann setzte sich langsam und vorsichtig auf einen Felsbrocken nahe hinter dem Eingang eines langgezogenen Talkessels.

Die Sonne stand genau am westlichen Rand der Klippen und schien blutrot in das Tal.

Es war totenstill, leblos, nur Sand, Felsen, Stille.

Mitten im Tal wuchsen wild Dornen, wie als Mahnmal, dass es irgendwo außerhalb dieser Öde vielleicht doch noch etwas wie Leben gibt.

Der Blick des alten Mannes hing seltsam starr auf diese Dornen, als wenn er von ihnen magisch angezogen würde.

Auch der alte Mann schien jetzt leblos.

Plötzlich hörte man das suchende Rufen einer Kinderstimme. Gleich darauf kam auch schon ein kleines Mädchen in den Talkessel hineingestürmt.

„Großvater, wo bist du?"

Das Kind wollte weiter laufen, jedoch ein gebieterisches:

„Halt, lauf nicht weiter",

ließ es erschrocken innehalten.

Der Alte war aus seiner Starrheit erwacht.

„Der Ort dort, wo die Dornen wachsen, ist heilig."

Langsam kam das Mädchen zurück.

„Was ist das, heilig?"

fragte es mit einem furchtsamen Blick Richtung Dornen.

„JHWH, der Gott unser Väter, hat sich deinem Vater in diesen Dornen gezeigt."

„Großvater",

das Kind hockte sich schüchtern vor den Alten in den noch sonnenwarmen Sand, nicht ohne ab und zu ängstlich in Richtung Talmitte zu schauen.

„Großvater, bitte erzähl mir etwas von meinem Vater."

Die untergehende Sonne ließ das Gesicht mit dem langen Bart feuerrot erstrahlen. Stockend begann der Alte zu erzählen, während sein Blick wieder starr von der roten Sonnenscheibe gefesselt war.

„Dein Vater war ein Ägypter.

Zerlumpt und halb verdurstet fanden wir ihn.

Er musste fliehen vor dem Pharao, obwohl er selber wohl großen Einfluss am Hofe des Herrschers besessen hatte.

Er war ein vornehmer Mann.

Er sagte, er könne den Göttern Ägyptens nicht mehr trauen."

Ein langer Seufzer stahl sich in seine Erzählung.

„Wir haben ihn in unseren Stamm aufgenommen, haben ihm die Wüste gelehrt, ihm unsere Gesetze erklärt und ihm von JHWH erzählt.

Dein Vater war tief verletzt als er zu uns kam und fragte immer wieder zweifelnd, was ihm wohl ein Nomadengott gegen den Gott Pharao nützen könnte.

Mit der Zeit hat er sich unserer Lebensweise angepasst, hat wie andere Hirten auf Schafe und Ziegen Acht gegeben und ist mit ihnen hinausgezogen.

Er hat deine Mutter geheiratet und schließlich sogar JHWH akzeptiert. Vielleicht wäre er mir ein guter Nachfolger geworden, um den Stamm zu führen."

Die Sonne tauchte jetzt die Dornen in ihr feuerrotes Licht und ein leichter Wind blies über das Tal und ließ die Dornen sich wie im Feuer krümmen und winden.

"Manchmal frage ich mich",

sagte der alte Mann,

"was dein Vater dort gesehen haben mag."

Er stand langsam und schwerfällig auf, stützte sich auf seinen Stab und warf einen letzten Blick in den Talkessel.

"Komm, wir gehen zurück, sonst vermisst man uns!",

sagte er zu dem Mädchen und nahm es an die Hand.

"Großvater, warum ist mein Vater dann fortgegangen?"

Der Alte seufzte wieder.

"Irgendetwas ist passiert."

Er machte eine lange Pause, fast schien es so, als würde er sich nicht erinnern können.

"Dort im Talkessel, behauptete dein Vater, habe er mit JHWH gesprochen und den Auftrag erhalten, zurück nach Ägypten zu gehen und dort Sklaven zu befreien.

Plötzlich war er ein anderer Mensch.

Plötzlich war er voller Unrast, voller Unternehmungsgeist.

Plötzlich war er von JHWH überzeugt.

Dann nahm er deine Mutter und Geschwister und ging fort.

Du warst noch zu klein, deshalb habe ich dich bei mir behalten."

„Und wann kommt er wieder - und Mutter?",

fragte das Mädchen.

Der Alte blieb stehen, schaute sie an und schüttelte traurig den Kopf:

„Ich weiß es nicht. Das weiß nur JHWH."

Negev:
Infarkt

Es war wie ein Regenschauer mitten aus strahlendem Sonnenschein.

Ich will damit sagen, es war nicht geplant oder vorbereitet, nicht das Resultat langer Überlegungen und Gedankengänge.

Es war plötzlich da.

Und es war intensiv und tief gehend und natürlich genau im falschen Augenblick.

Als wir von Tel-Aviv mit dem Bus in Richtung Beerscheba fuhren, begann mein Herz wie wild zu klopfen. Bis zum Hals schien es sich ausgeweitet zu haben.

Gleichzeitig krallte sich eine kalte Angst diesen Muskel und wollte ihn abdrücken und erwürgen.

Ich bekam fast keine Luft mehr und nur mit aller Willensanstrengung gelang es mir, die aufkommende Panik zu beherrschen.

Ich blickte mich gehetzt um und diese Angst nahm auf einmal konkrete Formen an.

Wirre Gedanken jagten durch meinen Kopf. Etappen meines Lebens, die längst vergangen sein sollten, blieben jetzt erst wie die Skyline Tel-Avivs hinter mir.

Eine tiefe dunkle Ahnung sagte mir, dass ich auf etwas Unbekanntes, Neues zusteuerte, was mein bisheriges Leben nur noch als vage Erinnerung und Traum in die Ferne rücken ließ.

Das Herzklopfen hielt an und intensivierte sich noch, als ich begann, für mich selbst Resümee meines bisherigen Lebens zu ziehen.

Ich wusste genau, jetzt und hier, es lag etwas vor mir, dass mit nichts in meinem bisherigen Leben zu vergleichen war.

Gleichzeitig machte diese verzehrende Angst mir klar, ich würde nicht zurück können, ich musste da durch. Das bisherige Leben hinter mir war nicht mehr zu retten. Ich musste neue Wege gehen, neue Herausforderungen suchen, in etwas völlig Unbekanntes hineingehen.

So kam ich nach Beerscheba.

Dort verließ ich die Reisegruppe, mit der ich die Reise begonnen hatte. Meine Papiere, etwas Obst und eine Flasche Wasser hatte ich im Rucksack bei mir; aber das waren Dinge, die nicht mehr zählten und für mich schon keinen Wert mehr darstellten.

In der Mittagspause nutzte ich die Gelegenheit und ging mit schnellen Schritten wie in Trance in Richtung Wüste.

Zuerst hielt ich mich noch auf der Straße und eilte die ersten zwei Stunden der sandigen Einöde mit großen Schritten entgegen. Sobald es möglich war, verließ ich jedoch die Straße, die stetig nach Süden geführt hatte, und schlug zwischen zwei Hügelketten, den Weg mehr in östliche Richtung ein.

Mein Kopf war leer.

Bald merkte ich Druck in meinen Schuhen, Sand, der sich hineingestohlen hatte. Ich zog die Schuhe und Strümpfe aus, ließ sie liegen und fühlte den warmen Sand zwischen meinen Zehen angenehm und anschmiegsam. Ein Gefühl von Trauer überfiel mich und mit jedem Kleidungsstück, das ich hinter mir ließ, verschwand auch ein Stück Lebensmut und Zuversicht.

Die Sonne brannte heiß und unbarmherzig. Kein Mensch, kein Tier war hier abseits der Straße unterwegs in dieser Glut. Die Luft waberte, wenn mein Blick in die Ferne streifte; und ich sah hin, ohne jedoch irgendetwas zu sehen. Die Hügel rückten näher zusammen und ich ging immer noch.

Außer der Wasserflasche hatte ich nichts mehr bei mir. Nur in Shorts ging ich von diesem unheimlichen inneren Zwang getrieben immer weiter in leicht südöstlicher Richtung. Ein im Hitzedunst auftauchendes Nomadenzelt ließ mich wieder mehr nach Süden abbiegen, um jegliche Berührung mit Menschen weiterhin zu vermeiden.

Bald war meine Wasserflasche auch leer. Meine Schultern und meine Brust waren rot vom Sonnenbrand und meine Waden wurden bei jedem Schritt verkrampfter, aber ich lief weiter, bis ich nicht mehr konnte und Seitenstiche bekam. Dieses Gehen in Sand und Sonne hatte mich total erschöpft.

Ich war ziemlich nahe an die Ausläufer der Kalksteinberge gekommen und fand nach einigem Suchen einen überhängenden Fels, der so etwas wie ein Dach und damit etwas Schutz bot.

Wasser musste in der Nähe sein, denn seltsame grüngraue Büsche standen vereinzelt und trostlos hier herum.

Ich wusste nicht, wo ich war.

Meine Beine schmerzten und meine Waden waren total verkrampft als ich mich unter diesem Felsüberhang hingesetzt hatte. Mein Atem ging rasselnd. Der Sonnenbrand im Gesicht, auf Schultern und Brust ließ meine Haut glühen wie im Fieber. Meine Fußsohlen waren spröde und aufgerissen.

Alles schien wund, brannte und tat höllisch weh. Dazu kamen der Durst und ein ausgesprochenes Hungergefühl.

Und ich saß nur da neben diesem Busch unter dem Felsüberhang und starrte in die mittlerweile tief stehende Sonne.

Angst und Panik waren verschwunden, waren aufgegeben wie mein ganzes bisheriges Sein. Langsam begann ich die ungewohnten Strapazen, die ich meinem Körper zugefügt hatte, zu ignorieren.

Eine tiefe Leere breitete sich in mir aus. Die blutrote Sonne war das einzige, was mein Bewusstsein füllte. Ich hatte alles aufgegeben und wünschte mir jetzt nur noch das absolute Vergessen.

Als ich die Augen nicht mehr aufhalten konnte vor Müdigkeit und Erschöpfung breitete sich tiefe Befriedigung in mir aus. Langsam legte ich mich in den warmen Sand, deckte mich teilweise damit zu und versank in die Erinnerungslosigkeit eines wundersamen Schlafes.

Dann hatte ich einen Traum.

Eine Person in einem langen blauen Kleid, mit schwarzen Haaren und dem Aussehen einer Beduinenfrau stand vor mir. Deutlich konnte ich sie im Licht der tief stehenden Sonne sehen. Sie redete zu mir in einer Sprache, die ich nicht verstand. Sie beugte sich über mich und befeuchtete mit einer wohltuenden Flüssigkeit meine aufgesprungenen durstigen Lippen.

Ich wollte sie etwas fragen, aber meine Zunge war dick und aufgequollen und in meinem Hals lauerte ein riesiger Kloß.

"Bist du ein Engel?",

krächzte ich sie schließlich an.

Aber sie lächelte nur ein bezauberndes Lächeln, zuckte die Schultern und als ich die Augen schloss, fühlte ich beruhigend ihre kühle Hand auf der Stirn.

Die Sonne stand schon ziemlich niedrig, als ich erwachte. Mein Körper war ein einziger Schmerz und nur weil meine Blase mich zwang, erhob ich mich mühsam.

Da, wo mein Kopf gelegen hatte, stand in der Nähe ein Steinkrug mit Wasser und daneben lag ein Brotfladen, eingewickelt in ein Stück blauen Tuchs.

War der Engel aus meinem Traum doch ein menschliches Wesen gewesen? Schnell aß und trank ich, weil ich einen Heißhunger verspürte und das Wasser schien jede einzelne Pore meiner Haut zu erreichen.

Doch anstatt mich für einen neuen Tag fit zu machen, fühlte ich danach eine bleierne Schwere. Als das Brot verzehrt und der Krug leer war, legte ich mich in die Konturen meines Körpers im Sand und schaffte es auch nicht mehr lange, die Augen offen zu halten.

Wieder war da dieser Traum.

Wie zuvor schon stand da die junge Frau in dem blauen Kleid, die sich fürsorglich über mich beugte. Auch jetzt tastete die kühle Hand wieder über meine Stirn und ein paar weiche Fingerkuppen berührten mein Handgelenk.

Dann war auch dieser Traum wieder vorbei.

Es mochte wohl gegen Mittag sein, als ich wieder erwachte. Der Krug neben mir war mit frischem

Wasser gefüllt und noch warmes Brot lag in dem blauen Tuch eingeschlagen.

Also war meine Traumgestalt zum zweiten Mal da gewesen und hatte mich versorgt. Auch diesmal aß und trank ich davon und fühlte mich seltsam wiederbelebt.

Die Mittagshitze war hier unter dem Steindach deutlich zu spüren und die roten Stellen auf der Haut taten scheußlich weh.

Ich befand mich in einer dumpfen Teilnahmslosigkeit. Viele Bilder aus meinem früheren Leben standen auf und liefen wie Ausschnitte eines Films an mir vorbei. Immer wieder drängte sich darin die Frage auf, ob ich alles so richtig gemacht hatte, wie ich es getan hatte.

Ich hatte absolut kein Zeitgefühl mehr und nur am Stand der Sonne konnte ich ungefähr abschätzen, dass auch dieser zweite Tag in der Wüste bald vorbei sein würde.

Das restliche Wasser in dem Steinkrug hatte eine seltene Kühle und Frische bewahrt und ich stürzte es hinunter.

Dann brach ich so schnell ich konnte auf.

Nachdem ich einmal aufgestanden und mich in Bewegung gesetzt hatte, lief ich bald wieder ganz automatisch. Meine Richtung folgte dem breiten Wadi nach Süden hinein in den Negev.

Ich lief beinahe die ersten Minuten, denn ich brauchte und wollte jetzt keine fremde Hilfe mehr. Ich wollte keinen Menschen mehr sehen, erst recht keine Engel oder himmlische Wesen.

Bald jedoch war ich so erschöpft und durstig, dass einfach meine Beine versagten. Ein Blick zurück zeigte mir meine Fußspur im sonst makellosen

Sand, sonst keine Menschenseele, kein Windhauch nur Stille.

Nach einigem Suchen fand ich einen Felsspalt, der sich zu einer höhlenartigen Vertiefung erweiterte. Todmüde ließ ich mich in den Schatten der kühlen Felsen fallen.

Langsam drängten sich die Bequemlichkeiten und Annehmlichkeiten meines früheren Lebens wieder in mein Bewusstsein.

Aber ich wollte das nicht mehr.

Kälteschauer weckten mich. Mund und Nase waren voll Sand und ich hustete mich erst einmal wach.

Lange brauchte ich, um mich überhaupt zu orientieren. Vor meinem Felsspalt waren eine diffuse hellbeige Helligkeit und ein Heulen und Seufzen. Immer wieder drangen Schleier feinen Wüstensandes in meinen Unterschlupf und legten sich auf die wunde Haut, Gesicht und Kopf.

Bald hatte ich keine Spucke mehr und meine Augen brannten. Ich machte mich so klein wie möglich und wandte dem aufkommenden Sandsturm meine Seite zu, da mein Rücken die Peitschenschläge aus Sandkörnern nicht zu verkraften schien.

Mitten in diesem Inferno aus Sturm, Heulen, Sandwirbel und diffusem Licht hörte ich eine Stimme:

"Elija!"

Ich hob erstaunt den Kopf von den Knien.

Schon wollte ich hinauseilen, um den Rufenden zu begrüßen. Doch abrupt wurde mir klar, dass es wahrscheinlich nur meine Fantasie war, die mich gerufen hatte und ich versank wieder in meine embryonale Stellung.

Doch ich hörte die Stimme erneut.

"Elija, was machst du hier?"

Ich sah hoch, weil ich glaubte jeden Moment müsse die Frau, deren Stimme ich gehört hatte, in meinem Felsspalt erscheinen. Nichts geschah. Vielleicht stand sie draußen in diesem Sandsturm? Gegen den heulenden Wind und den wirbelnden Sand versuchte ich anzurufen.

*"Ich wollte nicht mehr nur funktionieren.
Ich werde mich neu machen müssen, hier, durch die Heiligkeit der Wüste."*

Jetzt bekam ich keine Luft mehr. Mit den Händen versuchte ich Augen, Nase und Mund zu schützen. Und mitten in meinem Kampf um Luft und Sauerstoff ertönte wieder die Frauenstimme, die mich rief:

*"Elija, komm heraus und stell dich vor mich.
Du hast dich vor Gott zu verantworten."*

Ich stemmte mich dem Sturm entgegen, der draußen den Sand wie eine Nebelwand vor mich aufbaute. Ich taumelte gegen den Sturm an, konnte die Frau, deren Stimme ich vernahm, jedoch nicht sehen.

Und plötzlich war alles vorbei.

Ein letztes Aufblitzen, ein letztes Grollen in der Ferne. Zwei, drei Windböen ließen den aufgewirbelten Sand wie Schleier einer Tänzerin zu Boden sinken. Die Regungslosigkeit der Wüste kehrte zurück. Hier und da wirbelte ein Windteufel noch durch das Tal, aber immer mehr hörte man wieder die Stille.

Dann vernahm ich die Stimme der Frau direkt neben mir:

"*Was willst du hier, Elija?*"

Ohne mich ihr zuzuwenden, wusste ich, dass die Frau in dem blauen Gewand neben mir stand.

"*Ich wollte doch alles aufgeben,
alles hinter mir lassen,
sterben und wiedergeboren werden
und ein Leben mit Sinn und Würde leben.*"

Mehrmals musste ich zwischen den Worten husten und schlucken. Und dann begann sich bei mir alles zu drehen. Erst begann das Tal zu rotieren, dann die Sonne und zuletzt der Himmel selbst. Und mittendrin in dem sich drehenden Kreisel aus Elementen die Stimme der Frau:

"*Geh zurück deinen Weg durch die Wüste.*

Kehr zurück in dein Leben.

Mache das Leben für dich stimmig!"

Um mich wurde alles dunkel.

Ich schien durch einen schwarzen Tunnel zu rasen, an dessen Ende sich ein helles Loch abzeichnete, welches unaufhörlich näher kam.

Das Erste, was ich am Ende dieses Tunnels sah, war die Ärztin. Im weißen Kittel, ein Stethoskop um den Hals, sah ich sie reden. Sah, wie sich ihre Lippen bewegten, doch hören konnte ich nichts.

Ich sah über mir eine weiß gestrichene Decke mit Neonröhren. Mein Körper lag in einem herrlich weichen Bett mit anschmiegsamer frisch duftender Bettwäsche. Im Geiste fuhr ich alle Körperstellen ab und entdeckte, alles war noch da, alles konnte gefühlt werden, alles reagierte auf meine Gedanken.

Wie in Zeitlupe drehte ich meinen Kopf, der in einem herrlich weichen Kissen lag und sich leicht anfühlte, zur linken Seite einer Stimme dort entgegen und erblickte meine Frau.

"Was machst du eigentlich für Sachen, Elija?

Obwohl sie lächelte, sah ich Tränenspuren in ihren Augen.

Sie bekam wohl von irgendwoher die Anweisung, mich zu schonen und mein gerade wieder aufkeimendes Leben nicht zu gefährden.

Ich drehte den Kopf zur anderen Seite, sah die Ärztin am Fußende mich genau beobachten und auf der anderen Seite meines Bettes stand die Frau im blauen Gewand.

Langsam, viel zu langsam, wie ich fand, streckte ich ihr meine Hand entgegen.

Sie nahm sie und lächelte mich bezaubernd an. Dann zuckte sie bedauernd die Schultern, legte meine Hand auf die Bettdecke zurück und wandte sich zum Gehen.

Ich wollte mich aufrichten und sie festhalten, wollte ihr zurufen, sie solle mich nicht verlassen, sie solle mich mitnehmen. Da drehte sie sich noch einmal um zu mir und meinte:

"Akzeptiere dein neues Leben und denk daran, nur du kannst es ändern.

Tu das, was für dich stimmig ist und vergiss nicht, ich bin immer in deiner Nähe, auch wenn du mich nicht siehst."

Ich war dort angekommen, wohin die Wüste mich geführt hatte.

Negev:
Grenzwertig

„Wir haben aus unserer vieltausendjährigen Geschichte mit Gott nichts gelernt. Immer noch töten und hassen wir die, die sich uns irgendwie in den Weg stellen, anstatt sie teilhaben zu lassen an unserer großen Vision von Frieden."

Der Mann, der das sagte, saß neben mir an der Bar in einem kleinen palästinensischen Hotel nahe bei dem Herodes-Tor in Jerusalem.

Der dritte Wodka mit Lemmon zitterte nicht mehr in seiner Hand wie noch die beiden Ersten.

Er stierte vor sich in das Glas.

Ich wusste eigentlich nicht, ob er überhaupt mit mir gesprochen hatte. Er trank auch diesen Wodka auf ex aus und winkte dem Barkeeper zu, sein Glas erneut aufzufüllen.

Dann drehte er sich langsam mir zu und ich sah, dass er Tränen in den Augen hatte.

Ich war peinlich berührt und hatte im ersten Moment keine Ahnung wie ich reagieren sollte, was ich dem Mann da neben mir an Trost und eventueller Anteilnahme aussprechen sollte und wofür.

Da reichte er mir plötzlich die Hand.

„Hallo erst einmal.
Ich bin Simeon ben-Jisrael und soeben aus der israelischen Armee ausgetreten."

Ich stellte mich ebenfalls vor und fragte ihn dann vorsichtig, ob dies der Grund seiner Trauer wäre. Aber das verneinte er entschieden.

Er wandte sich seinem vierten Glas zu, wobei er mich fragte, ob ich eine traurige Geschichte hören wollte, oder lieber ungestört meinen Wein genießen?

Ich bat ihn, nur frei weg zu erzählen, vielleicht könne ich ihm in irgendeiner Form behilflich sein. Aber da schüttelte er entschieden den Kopf und verneinte das heftig. Damit müsse er ganz allein fertig werden und er wisse schon jetzt, dass er dies kaum schaffen werde.

„Ich habe gerade eine junge, ehemals hübsche attraktive Frau besucht, die einmal Mitglied in meiner militärischen Einheit war und ich bin total erschüttert."

Seine linke Hand klimperte mit ein paar Münzen in seiner Hosentasche. Er schien immer noch unschlüssig, ob er mich überhaupt in das Geheimnis seiner Traurigkeit und Betroffenheit einweihen sollte.

An seinem vierten Glas nippte er nur noch. Er setzte es dann heftig vor sich auf dem Tresen auf und wandte sich plötzlich entschlossen zu mir hin, nachdem er sich mit dem Handrücken über die Augen gewischt hatte.

Dann begann er zu erzählen:

„Ich war Offizier einer Patrouillen-Einheit im Negev.

Unser Stützpunkt lag in der Nähe von Elat am Roten Meer.

Unsere Aufgabe war es, entlang der Grenze zu Ägypten zu patrouillieren.

Meistens waren wir eine Woche unterwegs, drei Tage in die eine Richtung und drei Tage wieder zurück.

Unsere Einheit bestand aus drei Soldatinnen und elf Soldaten, was in der israelischen Armee nichts Besonderes ist.

Wir hatten drei feste Punkte in der Öde der Negev-Wüste an denen wir jedes Mal unser Lager aufschlugen. An der entferntesten Stelle gab es ganz versteckt im Felsengewirr eine winzige Oase und dort eine Quelle mit einem Teich, vielleicht von der Größe eines kleinen Swimmingpools.

Eines Tages lagerte in der Nähe unseres dritten Rastplatzes eine Nomadenfamilie. Man muss schon sagen Großfamilie, denn sie bestand aus mehreren Clans.

Nomaden gibt es im Negev schon seit Urzeiten. Sie akzeptieren auch keine Grenzen, kennen sie wohl nicht einmal, sondern ziehen mit ihren Kamelen, Ziegen und Eseln von einem Weideplatz zum anderen.

Wir hielten es bei unserer dritten Rast immer so, dass zuerst die Männer die Möglichkeit hatten, die Quelle und den Teich zu einem ausgiebigen Bad und Frischmachen zu nutzen. Sie kontrollierten vorher auch die Umgebung, schauten, ob wir ungestört waren. Danach gingen die drei Frauen zu ihrem Badevergnügen und zuletzt ging ich.

Warum meine Männer die Nomaden an jenem Abend nicht entdeckten, ist mir heute noch schleierhaft. Jedenfalls kamen zwei der drei Soldatinnen ganz aufgeregt zurück und berichteten, dass sie von Arabern beim Baden überrascht und gestört worden seien.

Dina – die dritte Frau – sei noch dort und unterhalte sich mit einem von ihnen.

Schnell verließ ich mit zwei Mann in meiner Begleitung unser Lager und eilte zu der Quelle.

Am Wasser fanden wir nichts.

Jenseits der Quelle in dem Felsengewirr zwischen grauen verbrannten Tamariskensträuchern kam uns dann Dina entgegen.

Sie wirkte irgendwie anders. Dina war sonst eine lebenshungrige, lustige Person. Jetzt gab sich still und verschlossen und mir kam sie sogar ziemlich verwirrt vor.

Ich machte ihr Vorhaltungen und erteilte ihr einen Verweis, da sie sich unerlaubt von der Truppe entfernt hatte und sich mit fremden Unbekannten unterhalten hatte. Außerdem noch dies alles ohne Begleitschutz. Was hätte ihr nicht passieren können?

Ohne ihren Gesichtsausdruck zu verändern, meinte sie nur träumerisch, ihr wäre ja nichts passiert.

Und als ich nachfragte, bohrte und meine Vorgesetztenrolle ins Spiel brachte, schluckte sie meine Fragen nur kommentarlos herunter. Als ich jedoch zu heftig wurde, begann sie zu weinen, etwas, was ich überhaupt nicht von ihr kannte.

Ich schickte sie zum Lager zurück, wobei ich mir vornahm, doch noch aus ihr herauszubekommen, was hier vorging und was vorgefallen war, dass sie so verstörte.

Mit meiner Begleitung Juda und Levi folgte ich dann ihren Fußspuren, die direkt in das Lager der arabischen Nomaden führte.

Am Rande des Lagers sorgten natürlich drei israelische Soldaten im Kampfanzug mit ihren Maschinenpistolen für beträchtliche Aufregung.

Frauen und Kinder lärmten los und stürzten in ihre Zelte, aus denen kurz darauf die Männer her-

ausstürmten, ihrerseits mit langen arabischen Flinten bewaffnet.

Ein alter Mann hielt mit seiner sonoren Stimme dann die Meute zurück. Die Hände zum traditionellen Friedensgruß erhoben, trat er uns alleine entgegen. Ich übergab Levi meine Waffe und ging auf ihn zu. Er begrüßte mich und ich grüßte mit dem arabischen Gruß für Frieden zurück.

Dann lud er uns in sein Zelt ein, ließ uns Brot und Salz reichen, und wir unterhielten uns ganz zwanglos über dies und jenes.

Als wir uns schon verabschieden wollten, stellte er uns seinen Sohn vor.

Sichem, so hieß dieser Sohn, geleitete uns auch vor das Lager hinaus und erst in meinem Zelt wurde mir klar, an wen mich dieser Sichem erinnerte. An den Schauspieler Omar Sharif in seinen jungen Filmjahren.

Ich verschonte Dina vor einer Disziplinarstrafe, aber in unserem Stützpunkt bei Elat redete ich noch einmal mit ihr, jedoch ohne von ihr eine Reaktion oder Antwort zu erhalten.

Am Sabbat jedoch, einen Tag, bevor wir wieder aufbrachen, bat mich ihre Zimmernachbarin um ein Gespräch.

Sie vermute, dass Dina von einem der Nomaden – jenem Sichem – vergewaltigt worden sein könne."

Simeon machte hier eine Pause, um mich bedeutungsvoll anzusehen und meine Reaktion zu erkunden.

Als ich jedoch erst einmal schwieg, trank er einen großen Schluck aus seinem Glas und erzählte sofort weiter:

„Ich war zunächst geschockt. Eine Vergewaltigung war natürlich eine Erklärung für Dinas seltsame Veränderung. Schnell hatte sich das Gerücht, von wem auch immer verbreitet, in der Kaserne herumgesprochen. Das machte Dina aber noch unzugänglicher, als ich noch einmal mit ihr zu reden versuchte.

Mir waren die Hände gebunden, solange sie sich nicht in irgendeiner Weise äußerte.

Aber in der Kaserne wuchs die Wut über so eine Schändlichkeit und der Ruf nach Rache wurde unüberhörbar.

Auf der folgenden Patrouille versah Dina wie gewohnt ihren Dienst. Und am dritten Tag an der Quelle lief alles genauso ab, wie schon die unzähligen Male vorher.

Doch auch diesmal kamen nur zwei Frauen zurück. Dina war ohne Worte verschwunden.

Ich schickte Erkundungstrupps in alle Richtungen und wartete äußerst nervös auf ihre Rückmeldungen.

Unser bester Fährtenleser Ascher ben-Yaakow fand dann auch ihre Spur. Sie war ein paar hundert Meter hinter der Quelle im Felsengewirr mit jemandem zusammengetroffen, der zwei Kamele mit sich führte. Dieser jemand musste sie freiwillig oder unfreiwillig mitgenommen haben.

Eine Zeit lang konnte Ascher die Spur noch verfolgen, doch dann verlor sie sich auf felsigem Boden und war nicht wieder aufzufinden. Aber die Richtung, in der die beiden Kamele verschwunden waren, konnte für uns keine Zweifel aufkommen lassen.

Wahrscheinlich war es mein Fehler, bei meiner Meldung an das Hauptquartier direkt von einer

Entführung zu reden. Ich bekam nur eine Anweisung zurück:

<Sie suchen, finden und zurückzubringen.>

Wir forschten drei Tage lang in der vermuteten Richtung und überquerten dabei sogar die ägyptische Grenze. Dann stießen wir auf das Lager der uns bereits bekannten Nomaden.

Da diese Juda und Levi schon kannten, nahm ich sie wieder mit dorthin.

Der alte Mann, wohl der Clanführer empfing uns fast wie alte Bekannte. Nach dem üblichen arabischen Begrüßungspalaver kam ich sofort zur Sache:

<Wo ist Dina?>

Er schien etwas pikiert über meine so direkte Vorgehensweise und beschrieb mir zunächst in blumenreichen Ausschmückungen die Wege der Liebe, die weder vor Grenzen noch vor Rassen Halt macht und letztendlich Menschen unterschiedlichster Abstammung zusammenführt.

Ich saß dabei auf sehr heißen Kohlen, wie man so sagt, denn wir befanden uns mitten im ägyptischen Grenzland und ich befürchtete jederzeit von deren Grenzeinheiten entdeckt zu werden.

Deshalb verlangte ich, ohne große weitere Vorreden, Dina zu sehen und zu sprechen.

Man brachte sie nach einem weiteren ausgiebigen Geschwafel von seiner Seite aus schließlich doch ins Zelt. Begleitet wurde sie von zwei ungefähr gleichaltrigen arabischen Mädchen. Sittsam setzten sich alle hinter dem alten Mann nieder und schwiegen.

Danach betrat auch Sichem das Zelt und setzte sich mir gegenüber.

Während ihres Eintretens hatte ich Dina scharf gemustert. Sie trug anstelle ihrer Uniform ein langes hellblaues Gewand und ihre Haare fielen offen über ihre Schultern. Sie sah zufrieden und glücklich aus.

Dann eröffnete mir Sichem übergangslos, dass er und Dina heiraten wollten. In drei Tagen, wenn der Mond einen günstigen Heiratszeitpunkt versprach, sollte die Zeremonie stattfinden.

Und er lud mich und meine beiden Begleiter ein, an der Zeremonie und Feier teilzunehmen.

Mir verschlug es die Sprache.

Diese selbstbewusste hübsche israelische Soldatin sollte Ehefrau eines nomadisierenden Arabers werden?

Mir fielen spontan tausend Gründe dagegen ein. Aber am Nachhaltigsten war da ein Zitat aus der Thora, dass die Israeliten ihre Töchter nicht den Bewohnern des Landes vermählen sollten, da dies ein Gräuel in den Augen des Herrn sei.

Ich konnte nicht anders, ich fragte Dina auf Hebräisch direkt, ob sie das denn wolle.

Sie nickte nur und antwortete, es sei so, wie ihr zukünftiger Ehemann gesagt habe.

Auf meinen Einwand hin, sie sei doch Israelin und Soldatin, lächelte sie nur und flüsterte kaum hörbar:

<Jetzt nicht mehr.>

Wir verließen abrupt das Lager und ich eilte mit meiner Einheit in schneller Fahrt zurück auf israelisches Gebiet.

Dort schilderte ich über Funk die Lage an das Hauptquartier und verlangte nähere Anweisungen. Ich war nämlich total perplex und ratlos.

Beim Abendessen am Feuer kreisten die Gespräche meiner Leute nur um Dina. Ich spürte ihre Fassungslosigkeit und Wut. Immer öfter hörte ich den Wunsch, Dina aus diesem unwürdigen Dasein einer Beduinenfrau herauszuholen und diesem anmaßenden Sichem und seiner Sippe einen Denkzettel zu verpassen.

Vor meinem inneren Auge stand immer wieder das leicht spöttische Grinsen dieses Sichem, dieses Omar-Sharif-Verschnitts mit seinen dunklen stechenden Augen.

Ich schlief schlecht in dieser Nacht. Immer wieder sah ich im Halbschlaf sich Dina unter dem nackten muskulösen Körper Sichems krümmen und winden.

Wie eine Erlösung kam dann im frühen Morgengrauen die Funknachricht aus dem Hauptquartier. Und sie war eindeutig:

<Dina befreien, Nomaden in freiem Ermessen bestrafen.>

Ein letzter Zweifel ließ mich zurückfragen, ob das Ganze auch auf ägyptischem Gebiet durchzuführen sei. Die Antwort kam umgehend und war ein einfaches, knappes und eindeutiges: <Ja.>

Wir brauchten wiederum zwei Tage, um tief auf ägyptischem Territorium die Nomaden auszumachen. Sie schienen uns jedoch nicht bemerkt zu haben und waren wohl in den Vorbereitungen für diese unmögliche Hochzeitsfeier verstrickt.

Nach einer Lagebesprechung mit meinen Leuten beschlossen wir, die Nacht abzuwarten und bei

Aufgang der Sonne am nächsten Morgen zuzuschlagen.

Gad und Issachar ließ ich die ganze Nacht das Lager beobachten. Ab und zu besuchte ich sie in jener Nacht auf ihrem Posten, da ich sowieso nicht schlafen konnte, und ich bekam so selber einen Eindruck von den ausgelassenen Feierlichkeiten, die erst gegen Morgen abebbten.

Einige Male glaubte ich auch Dina zu sehen, doch dessen bin ich mir im Nachhinein nicht mehr sicher.

Eine fahle Sonne als Versprechen für einen heißen Tag ging über der Wüste auf, als wir in zwei Gruppen in einer Zangenbewegung auf das Lager zuhielten.

Gad hatte sich genau das Zelt gemerkt, in das Dina irgendwann während der Nacht verschwunden und nicht mehr aufgetaucht war. Dieses Zelt war nun mein und Levis Ziel.

Die anderen sollten jeden Widerstand mit Waffengewalt im Keim ersticken.

Ungesehen kamen Levi und ich an die Rückwand des Nomadenzeltes. Levi schlitzte die Zeltwand aus gewebtem Ziegenhaar mit seinem Messer von oben nach unten auf und ohne einen Laut drangen wir in das Innere ein. Noch ehe sich meine Augen an das Dunkel gewöhnt hatten, ertönte aus einer Ecke ein lauter schriller arabischer Warnruf.

Im Nu war das ganze Lager ein einziges Chaos.

Vor mir erschien ein völlig nackter Sichem mit einem langen Dolch in der Hand. Doch er starb in einer Salve aus Levis Maschinenpistole, bevor er mich erreichen konnte.

Ich sah Dina, die angerannt kam und voller Entsetzen auf diesen toten Hundesohn starrte. Und ich schnappte sie mir und floh mit ihr aus dem Zelt, obwohl sie sich heftig widersetzte.

Draußen ertönten laufend Salven aus unseren Maschinenpistolen, einzelne Schüsse konnte man dazwischen unterscheiden, abgefeuert aus diesen vorsintflutlichen arabischen Flinten.

Menschen schrien, Ziegen meckerten, erschreckte Kamele stießen ihre heiseren Schreie aus. Ein infernalisches Gebilde aus Wutflüchen, Rachegeschrei, Siegesgeheul und Todesschreien umgaben mich.

Ich schleppte die jetzt völlig apathische Dina aus dem Lager und gab Levi das Zeichen, dass sich unsere Truppe sofort möglichst schnell und geordnet zu den aufbruchbereiten Fahrzeugen zurückziehen sollte.

Kein Mann und keine Frau gingen mir verloren bei dieser Aktion. Zwar gab es drei Leute mit Schussverletzungen, eine davon ganz schön schlimm sogar, aber ansonsten konnten wir so schnell wie möglich mit unseren Wüstenfahrzeugen verschwinden.

Dina erwachte erst eine ganze Zeit später, mitten in wilder Fahrt zurück auf israelisches Gebiet, aus ihrem Schockzustand. Mit wildem Geheul und wie eine Furie um sich schlagend fiel sie über mich her. Mit Mühe bekamen Ascher und Benjamin, zwischen denen sie saß, sie wieder in ihre Gewalt.

Den Rest der Fahrt zum Stützpunkt in Elat hockte sie dann, wie ein Häuflein Elend zwischen beiden und weinte. Niemals zuvor habe ich einen Menschen so intensiv, so lange und so herzzerreißend weinen gesehen."

Simeon schwieg wieder.

Seine Stimme war leiser geworden und brüchig. Verstohlen wischte er sich mehrmals über die Augen.

Als er den Rest aus seinem Glas leerte, verschluckte er sich und bekam einen wüsten Hustenanfall. Ich klopfte ihm auf den Rücken und er begann, sich langsam wieder zu beruhigen.

„Der Rest der Geschichte ist schnell erzählt",

meinte er dann.

„Zurück im Stützpunkt kam Dina auf die Krankenstation.

Ich habe sie danach nicht mehr gesehen.

Sie wollte mich oder jemand anderes aus ihrer Einheit auch nicht mehr sehen. Sie wurde kurz darauf in einer Nacht- und Nebelaktion nach Jerusalem verlegt und aus dem Dienst entlassen.

Und wie das Schicksal oder wie Gott es will - such es dir aus - zwei Tage, nachdem sie aus unserer Kaserne verschwand, erhielt ich mit der Dienstpost ein gefaltetes und zusammengeheftetes Blatt. Man hatte es einfach vor unserer letzten Patrouille vergessen, an mich auszuhändigen.

Es war von Dina.

Sie bat darin um Verständnis. Verständnis dafür, dass sie aus der Armee ausscheide. Verständnis dafür, dass sie sich unsterblich in diesem Sichem verliebt habe. Sie bat mich, ihren Vorgesetzten darum, dass ich alles für sie bei der Armee klären und dass ich, um der Liebe Gottes willen, ihre Entscheidung akzeptieren sollte.

Und was hatte ich daraus gemacht?

Ein Massaker!

Die Einheit, die nach uns zur Grenzkontrolle aufbrach, hatte den Auftrag alle Spuren unserer Aktion zu beseitigen. Bei ihrer Rückkehr habe ich ihren Bericht gelesen.

Zweiundzwanzig Kinder, Frauen und Männer fanden sie getötet vor.

Dazu dreizehn Ziegen und elf Kamele, sowie vier zerstörte und durchsiebte Zelte.

Von den restlichen Bewohner dieses Lager fehlte jede Spur, wenn es denn überhaupt Reste gab.

Unsere Rache für angebliche Vergewaltigung und Entführung einer israelischen Soldatin war vollständig.

Ich stürzte in ein schwarzes Loch!

Ich träumte nur noch vom Abschlachten dieser Leute und irgendwann konnte ich nicht mehr.

Deshalb besuchte ich vor zwei Tagen einen weisen Rabbi hier in Jerusalem, einen alten Freund meines Vaters. Ihm erzählte ich diese ganze Geschichte, wie ich sie dir jetzt erzählt habe, obwohl ich eigentlich zur Geheimhaltung verpflichtet wurde.

Und weißt du, was der Rabbi tat daraufhin?"

Simeon sah mich mit seinen rotgeränderten Augen durchdringend an.

Ich schüttelte den Kopf.

Simeon nahm daraufhin eine Hand voll Münzen und legte sie, nachdem er sie gezählt hatte, neben sein leeres Glas.

„Rabbi Yaakow nahm die Thora zur Hand und schlug das Buch Bereschit auf, das ihr wohl 1. Buch Mose oder Genesis nennt.

Dort ließ er mich die Geschichte Dinas, der Tochter Jakobs, in Kapitel 34, Verse 1 bis 31, lesen und ich weinte, weil ich erkannte, dass sich so vieles wiederholt, obwohl wir doch eigentlich aus dem Gesetz und der Weisung Gottes gute Lehren hätten ziehen sollten."

Wieder schwieg er eine Zeit lang.

Als ich sein Schweigen nicht mehr aushalten konnte, fragte ich ihn, was denn aus dieser Dina im Buch Genesis geworden ist, und auch was aus der Dina von heute geworden sei.

Er murmelte vor hin und erst bei genauem Hinhören bekam ich mit, was er sagte:

„Damals war in der Bibel nie mehr von dieser Dina die Rede und heute ..."

Ich sah nicht nur die beginnende Trunkenheit sondern auch eine maßlose Traurigkeit in seinen Augen.

„Heute",

schluchzte er auf,

„heute steckt diese Dina, diese einst selbstbewusste, freie und glückliche junge Israelin, heute steckt sie im Irrenhaus."

Ich war zutiefst betroffen und sagte ihm das auch.

„Weil wir sie unseren Hass und unserer Rache geopfert haben.

Weil sie in eine dunkle Welt der Depressionen und der Apathie gefallen ist.

Weil sie drei Selbstmordversuche, mit welcher Hilfe auch immer überlebt hat."

Er schob die Münzen dem Barkeeper zu und erhob sich leicht wankend von seinem Hocker.

„Ich muss gehen und sehen, wie ich mit all dem fertig werde."

Ich wusste nicht, was ich ihm zum Abschied sagen sollte, aber ich glaube, er erwartete auch keinen Abschiedsgruß von mir.

Bevor er ging, drehte er sich noch einmal um zu mir:

"So passieren die alten Geschichten der Bibel auch heute noch oder heute wieder.

Bete nicht für mich, sondern für die Toten und für Dina!"

Allepo:
Die Zitadelle

Ash-Shahba!

Die Aschgraue oder Rotbraune wie die Stadt Allepo, von der ich erzählen will, genannt wird, breitete sich vor mir aus.

Und ich war verzaubert.

Dort oben auf der Mauer der Zitadelle, fünfzig Meter über dem aus Kalkstein erbauten grauen Häusermeer hatten mich heute die Geschichten wie aus Tausendundeiner Nacht meiner Kindheit eingeholt und erneut verzaubert.

Jetzt wartete ich auf den Sonnenuntergang, um mich dann von Ash-Shahba zu verabschieden und mit den anderen der Reisegruppe zum Hotel zurückzukehren.

Morgen, vor Sonnenaufgang noch, würden wir die Stadt verlassen und wer weiß, ob ich je die Möglichkeit haben würde, wiederzukehren.

Bevor wir heute Morgen aus dem Bus ausgestiegen waren und die Zitadelle im Sturm erobert und durchmessen hatten, wurde uns von unserem Reiseleiter eine, wie er meinte, der schönsten Legenden über "Halab" erzählt.

Halab ist seit ewigen Zeiten die arabische Benennung für den Hügel, auf dem die Zitadelle entstand und dann auch für die ganze Stadt.

Halab ist allerdings besser bekannt unter dem Namen Aleppo.

Der arabische Geschichtenschreiber Ibn-al-Adin, der von 1192 bis 1262 lebte, hat in einem mehrbändigen Werk unter dem Titel "Der Milchrahm" folgende schöne Legende festgehalten:

-- *Als Ibrahim (Abraham) vom Heiligen Land einmal nach Norden zog, gelangte er zu diesem Hügel, schlug dort sein Lager auf und ließ seine Hirten bis zum Euphrat und zum Amanosgebirge streifen. Einige aber behielt er mit ihren Schafen, Ziegen und Kühen bei sich zurück. Als die Armen der Umgebung von seiner Ankunft hörten, kamen sie von allen Seiten zu ihm und vereinigten sich mit jenen, die ihm aus dem Heiligen Land gefolgt waren, um an seiner Güte teilzuhaben. Seinen Hirten befahl er nämlich, jeweils morgens und abends ihre Tiere zu melken und seine Kinder und Sklaven hieß er Essen zuzubereiten und es zu den verschiedenen Wegen zu bringen, die am Fuße des Hügels endeten. "Ibrahim halab" oder zu Deutsch "Abraham hat gemolken" ließ er den Armen zurufen, worauf sie eilends zu ihm kamen.* --

Nach dieser Geschichte über eine Ortsätiologie zu dem Namen Halab verließen wir den klimatisierten Bus und stiegen in der Morgenkühle zur Zitadelle hinauf.

Wir durchquerten eine hohe Torbastion und gingen über einen Zugang zur Festung hoch, der mit acht Bögen den tiefen Burggraben überspannte. Durch den Haupteingang mit zwei gewaltigen Holztoren, verstärkt mit mächtigen Eisenbeschlägen, betraten wir den hohen schattigen Festungsbereich.

Der Boden des Korridors war aus rauem Stein, griffig für die Hufe der Pferde und er stieg ständig weiter an durch die gesamte Toranlage, knickte dabei fünfmal rechtwinklig ab und war durch zwei weitere schmiedeeisenbeschlagene Tore gesichert.

In dem hohen langen Gang gab es unter der gewölbten Decke, im Dunkel der Schatten verborgen, immer wieder Durchbrüche und Nischen.

Man konnte sich nach den Erklärungen der Reiseleitung gut vorstellen, wie Eindringlinge von den Verteidigern mit allen Arten von stinkenden, unappetitlichen oder glühend heißen, todbringenden Flüssigkeiten von dort attackiert wurden. Auch für Bogen- und Armbrustschützen gab es hier die besten Möglichkeiten, um die eindringenden Feinde zu lähmen oder zu töten.

Als wir aus dem Gang der Toranlage heraustraten auf das Hochplateau, stießen wir auf eine total unübersichtliche Ansammlung von Ruinen.

Unsere Reiseleitung dirigierte uns aber ortskundig aus dem Touristenstrom heraus und durch ein Portal hindurch in einen offenen Innenhof hinein. Sie machte uns auf die typische arabische Bauweise des Torbogens aufmerksam. Helle und dunkle Mauerteile wechselten sich ab und bildeten charakteristische Bandornamente.

Durch eine prächtige Tür traten wir über die große Toranlage, die wir soeben durcheilt hatten, in den Thronsaal, der von einem Enkel Saladins erbaut wurde.

Wer diesen Saal betrat, schaute automatisch über eine Absperrung für Besucher und vorbei an einem aus kleinen Mosaiksteinchen errichteten Brunnen auf den Thronsessel.

Und man sah fast nichts.

Hinter dem Thronsessel war nämlich ein hohes Fenster, das direkt nach Süden ausgerichtet war.

Die Reiseleitung erklärte uns, dass der Erbauer dies bewusst so konzipiert hatte. Besucher und eventuelle Attentäter könnten beim Eintreten aufgrund des Gegenlichts nichts erkennen. Sie könnten nicht sehen, ob überhaupt jemand auf dem Thron säße; und wenn ja, ob es auch der Herrscher selbst wäre oder nur ein Eunuche oder Sklave.

Ob dadurch jemals einem Herrscher das Leben gerettet wurde, konnte auch die Reiseleitung nicht beantworten. Sie machte uns noch auf die filigranen Holzarbeiten der überaus reich verzierten Decke und der Säulen aufmerksam und gab uns dann ein paar Minuten Zeit, das Ganze in Ruhe zu betrachten und zu bewundern, bevor wir uns draußen im Vorhof wiedertreffen sollten.

Mich beschäftigte der Effekt mit dem Gegenlicht. Ich trat ganz nah an die Absperrung heran und versuchte dann, indem ich mich ganz nach links in eine Ecke des großen Saales bewegte, dem direkten Lichteinfall auszuweichen, um dadurch den Thron besser sehen zu können.

Zu meiner großen Überraschung erhob sich plötzlich von dem Thron eine Gestalt, die ich vorher dort nicht wahrgenommen hatte. Sie war mit einer Aureole von Licht und Helligkeit umgeben und schritt jetzt genau auf mich zu.

Ich war verblüfft.

Langsam konnte ich einen älteren Mann mit einem weißen Bart erkennen, der typisch arabisch gekleidet war.

Über ein langes beiges Gewand trug er eine Art Umhang. Das Gewand war mit einem Gürtel gerafft und an den Füßen trug er offene Sandalen. Ein schwarz-weiß gemustertes Tuch bedeckte seinen Kopf und darauf ruhte der typische Reif, der mir immer mehr der Verzierung zu dienen schien als zum Festhalten der Kopfbedeckung.

Als er nur noch zwei Schritte von mir entfernt war und nur noch die Absperrung uns trennte, verneigte er sich vor mir und grüßte mich in akzentfreiem Deutsch:

„*Gott sei mit dir!*"

Was sollte ich tun?

Ich deutete ebenfalls eine Verneigung an und antwortete:

„*Und auch mit dir!*"

Er wollte über die Absperrung steigen und ich hatte das Gefühl ihm helfen zu müssen. Ich fasste ihn am Arm und stützte ihn, als er erst das eine, dann das andere Bein über die Absperrung schwang und dabei mit der freien Hand sein langes Gewand hoch raffte.

Er lächelte mich beruhigend an:

„*Danke, mein Sohn!*

Du weißt ja, das Leben des Menschen ist ein stetiger Weg auf den nahenden Tod hin.

Ich bin schon ein alter Mann und manchmal sehne ich mich zurück nach der Kraft der Jugend."

Er sah mich mit dunklen Augen in einem zerfurchten Gesicht an und erinnerte mich plötzlich ganz stark an meinen Großvater.

Ich machte wohl einen etwas ratlosen Eindruck und wusste im Moment nicht, wie ich mich verhalten sollte.

Mitten im Thronsaal, hoch über der Stadt Aleppo sprach mich ein alter Araber in fließendem Deutsch an, als hätte er dort, im Gegenlicht auf dem Thron sitzend, nur auf mich gewartet.

Meine Ratlosigkeit schien ihn zu amüsieren. Er hakte sich bei mir unter und dirigierte mich wieder in die Mitte des Thronsaales genau an die Stelle der Absperrung vor dem Brunnen gegenüber dem Thron.

"Ich sitze oft hier und betrachte die eintretenden Touristen."

Er drehte mich zur Tür herum und ich konnte mit dem starken Licht im Rücken die eintretenden Touristen einer japanischen oder chinesischen Reisegruppe sehen. Von hier konnte ich ihre Gesichter genau und scharf erkennen.

"Viele Menschen, die hier hereinkommen, machen einen eher unglücklichen Eindruck",

sagte er.

"Viele haben verlernt, die Freude zu genießen, den Tag zu nutzen und sich bewusst zu sein, dass Gott jedem Einzelnen Freude schenkt und ein gerütteltes Maß an Glück.

Aber nur sehr wenige sind sich dessen bewusst."

Ich hatte die Zeit vergessen. Ich fühlte mich ungeheuer wohl und geborgen neben diesem alten Mann und seiner Stimme; und seine Worte schienen mich im Innersten zu berühren.

Eine vergessene Seite in meinem Bewusstsein wurde angesprochen, je mehr er mir erzählte.

"Erde und Kosmos bewegen sich in einem immerwährenden Kreislauf und das Leben des Menschen berührt ihn nur kurz, während der wenigen Tage, die dem Menschen zwischen Geburt und Tod bleiben."

Willenlos ließ ich mich wieder von ihm ins Licht drehen. Von seinem Gesicht ging jetzt ein Strahlen aus und ich war nahezu begierig auf seine nächsten Worte.

„Ein hebräischer Weisheitslehrer"

- er machte eine Pause, als erwarte er von mir eine Erwiderung oder eine Reaktion, und als ich weiter schwieg, fuhr er fort –

„hat einmal ein wunderschönes Gedicht gemacht über den ewigen Kreislauf der Natur und das Wenige, was der Mensch davon in seinem Leben als Anteil erhält. Vielleicht kennst du es?"

Wieder sah er mich fragend und auffordernd an.

Und wieder fühlte ich mich nicht in der Lage zu antworten.

Er holte tief Luft und begann zu zitieren:

*„Eine Generation geht,
eine andere kommt.
Die Erde steht in Ewigkeit.
Die Sonne, die aufging und wieder unterging
atemlos jagt sie zurück an den Ort,
von wo sie wieder aufgeht.
Er weht nach Süden,
dreht nach Norden,
dreht, dreht, weht der Wind.
In seinem Sich-Drehen kehrt er zurück, der Wind.
Alle Flüsse fließen ins Meer,
das Meer wird nicht voll.
Zu dem Ort, wo die Flüsse entspringen,
kehren sie zurück,
um wieder zu entspringen.
Alle Dinge sind rastlos tätig,
kein Mensch kann alles ausdrücken,
nie wird ein Auge vom Sehen satt,
nie ein Ohr vom Hören voll.
Was geschehen ist, wird wieder geschehen.
Was getan wurde, wird wieder getan.
Es gibt nichts Neues unter der Sonne."*

Er schwieg.

Meine Augen nahmen nur die Staubpartikel wahr, die im grellen Licht tanzten.

Instinktiv spürte ich, dass der alte Mann mir etwas Wichtiges, Tiefgründiges sagen wollte, was ich aber noch nicht verstand.

Das Schweigen dehnte sich zu Ewigkeiten. Das Geplapper der Touristen um uns herum war wie aus einer anderen Welt.

Der alte Mann stützte sich wieder auf mich, als er nun über die Absperrung zurückkletterte. Auf der anderen Seite drehte er sich zu mir um und berührte mit seiner rechten Hand erst die Stirn und den Mund, dann die Herzgegend. Er verneigte sich abermals vor mir.

„Gott beschütze dich! Wir sehen uns wieder."

Immer noch unfähig zu antworten, sah ich ihm nach.

Mit einem Strahlenkranz umgeben, schritt er zurück zu dem Thronsessel und setzte sich.

Ich konnte das grelle Licht nicht mehr ertragen und schaute zu Boden. Als ich wieder aufschaute, schien der Thron leer zu sein.

Wie aus einem verzauberndem Traum erwachend, nahm ich die Welt um mich herum wieder wahr.

Plötzlich hatte ich es eilig, zu meiner Reisegruppe zurückzukommen.

Während der restlichen Führung durch die Zitadelle konnte ich mich aber nicht mehr richtig konzentrieren. Ich schien in Watte gepackt zu sein. Alles prallte in der grellen Sonne an mir ab.

Unablässig kreisten meine Gedanken um den alten Araber. Wieder und wieder suchte ich zu ergründen, was da mit mir passiert war.

Was wollte der Mann mir sagen?

Wer war er?

Erst am Ende der Führung, als wir auf einer Mauer den steil abfallenden Rand der Zitadelle erreichten und zu unseren Füßen das graue Meer von Ash-Shahba sich ausbreiten sahen, kehrte ich in die Wirklichkeit zurück.

Ich begann, jenseits allem Touristischem, den Zauber dieser Stadt zu spüren. Die endlosen grauen Häuserfluten verdeutlichten in mir die Unendlichkeit des Kosmos und der Zeit. Und ich atmete ein wenig von der Ewigkeit, als meine Augen Anteil nahmen an das Weite unter mir, welches auf eine fast sechstausend Jahre alte Vergangenheit zurückblickte.

Wir genossen alle den herrlichen Ausblick.

Allepo:
Die Basare

Die fast zweitausend Jahre alten Basare der Stadt Aleppo, die sich insgesamt über eine Entfernung von zwölf Kilometern erstrecken, eröffneten einem, der so etwas nicht kennt, eine total neue und unbekannte Welt.

Hier fühlt man sich mehr denn je an die Geschichten, Filme und Fernsehsendungen aus tausendundeiner Nacht erinnert. In den dämmrigen überdachten Gängen herrschte für europäische Augen und Ohren ein unübersehbares Chaos.

Im Basar der Gewürzhändler wusste ich nicht, was alles an Gerüchen in der Luft lag.

Ein fortwährendes Gedränge schob einen von einem Stand zum anderen. An manchen Ständen wurde ich von dem Händler dazu gedrängt, das eine oder andere Gewürz anzufassen und daran zu riechen.

An wiederum einem anderen Stand handelte ich mir für einen nahezu lächerlich geringen Preis ein Plastiktütchen mit Kardamom ein. Seit ich einmal den starken arabischen Kaffee mit Kardamom gewürzt probiert hatte, liebte ich diese Würze, die nach der Beimischung von diesem Getränk ausging.

Wieder an einem anderen Stand von einem anderen Händler wurde mir in einem Englischen-Arabischen-Gemisch eine Tüte mit getrockneten Zitronen angeboten. Nur die Nachdrängenden bewahrten mich vor weiteren Verhandlungen und Käufen, vor Abschmecken und Kostproben.

Mitten im Gedränge wurde ich plötzlich immer wieder sanft von hinten angestoßen. Als ich mich umwandte, um den lästigen Menschen in Augenschein zu nehmen, stieß ich mit einem Esel zusammen. Turmhoch war das Tier mit Schaumstoffrollen beladen. Der Besitzer lief dahinter und trieb es mit einer Gerte immer wieder vorwärts. Das führte dazu, dass der Esel mit seinem Maul im Gedränge gegen die vor ihm gehenden Menschen stieß. Ich rette mich aus der Menge und vor den Eselattacken, indem ich mich zwischen zwei Pyramiden aus grünen, mit Verzierungen versehenen Klötzen, in einen Ladeneingang flüchtete.

Der Händler reichte mir sofort einen dieser Klötze mit einem spitzbübischen Lächeln und ich verstand, was er mir anbot. Olivenseife. Kunstvoll waren die Seifenstücke mit arabischen Schriftzeichen rundherum verziert.

Eine Beduinenfrau lenkte die Aufmerksamkeit des Verkäufers von mir ab. Sie war ganz in schwarze Tücher gehüllt, die nur ihr Gesicht und ihre Hände frei ließen. Stirn und Kinn waren voller Tätowierungen. Die Handinnenseiten waren mit Henna dunkel gefärbt. Sie redete schnell und laut auf den Verkäufer ein und ich nutzte die Gelegenheit, legte die Olivenseife in die Auslage zurück und reihte mich wieder in den Strom der Passanten ein.

Aber nur solange, bis ich von einem anderen Ladenbesitzer am Arm mit leichter Gewalt festgehalten wurde. Er hielt mir einen riesengroßen dunkelroten Büstenhalter vor die Nase und strahlte mich an:

„For dein Schiegermutt."

Er lachte über seine Bemerkung, rief seinen Gehilfen im Laden etwas auf Arabisch zu und alle brachen daraufhin ebenfalls in lautes Gelächter aus.

Langsam geriet ich in Panik.

Von Mitreisenden aus meiner Reisegruppe war schon lange nichts mehr zu sehen. Wir hatten uns in den Menschenmassen verloren.

Ich wollte mich schon losreißen, als eine Stimme neben mir mich aus der Hand des Dessousverkäufers befreite.

Eine andere, freundlichere Hand ergriff mich, schubste mich und dirigierte mich in den Teppichladen nach nebenan. Ganz tief schob mich diese Hand dort hinein bis zu einem niedrigen Tischchen. Hier standen kleine Gläschen mit einer dampfenden hellgelben Flüssigkeit und angenehmem Duft.

Im Nu saß ich auf einem fellbespannten Hocker an diesem Tisch und mir gegenüber der alte Araber aus dem Thronsaal.

Bis heute weiß ich nicht, warum ich mich willenlos in diesen Teppichladen drängen ließ.

Bis heute ist mir nicht klar, ob der alte Mann nicht über geheimnisvolle Zauberkraft verfügte, die mich hypnotisierte.

„So, da wären wir!
Wie gefallen dir die Suks oder Basare von Aleppo, die heimliche Zentrale der Macht?"

Ehe ich auch nur einen Gedanken, wie verwirrend, fremd und teilweise beängstigend das alles auf mich eindrang, äußern konnte, bat er mich, den heißen, lieblichen Blumentee zu kosten.

„Genieße ihn!

Er ist ein Geschenk, das wohl tut und gesund ist und darüber hinaus auch noch hervorragend schmeckt."

Mit spitzen Fingern führte ich das Gläschen zum Mund und war tatsächlich überrascht, wie wohlschmeckend der Tee war. Auch der Alte hatte an seinem Gläschen genippt, jetzt nahm er das Gespräch wieder auf.

„*Ruhm und Macht, Reichtum und Wissen waren und sind schon immer die erstrebenswertesten Ziele der Menschen gewesen.*

Auch in deinem Kulturkreis gilt ein Mensch, der Erfolg hat, als glücklich. Und je erfolgreicher jemand ist, umso glücklicher gilt er.

Das alles ist nichts Neues unter der Sonne.

Aber hast du dir jemals die Frage gestellt, welchen Gewinn du von all deiner Mühe hast?

Du bemühst dich darum, erfolgreich in deinem Beruf zu sein. Erfolg bringt dir Macht über Mitarbeiter und Untergebene; er bringt dir Reichtum, in dem dein Gehalt ständig steigt.

Ruhm und Ansehen verschafft es dir, einen besseren, schnelleren Wagen dir leisten zu können als deine Bekannten.

Wenn dein Aussehen den Schönheitsidealen der Werbung entspricht, verschafft dir dies ungeteilte Aufmerksamkeit des anderen Geschlechts.

In Freundeskreisen gilt dein Wissen als hoch, weil du ständig durch Zeitungen, Fernsehen und Internet dein Allgemeinwissen auf den aktuellsten Stand hältst und dazu noch Reisen unternimmst, um mitreden zu können.

Aber ist dein Verhalten nicht irgendwo ein Teil einer großen Sinnlosigkeit?

Ständig stehst du unter dem Druck, die Bedingungen und Voraussetzungen für das, was du Glück nennst, zu steigern. Aber bist du bisher in den Genuss und in die Erfahrung deines angestrebten Glücks gekommen?

Dein Leben vergeht wie ein Windhauch und du hast bisher noch nicht die Erkenntnis gewonnen, dass Glück ein Modus der Erfahrung ist und nicht ein Modus bloßen Habens.

Aufgrund ständiger Sorge, um die Voraussetzungen von Glück zu schaffen, kommst du nicht in den Genuss der gottgegebenen Gabe der Freude."

Mir war ganz komisch zumute, als der alte Mann jetzt schwieg.

Ich begann zu verstehen, dass er sich in mein Leben einzumischen begann, in einer sehr behutsamen Art und Weise, die mich aber dennoch veranlassen sollte, über mich und mein Leben nachzudenken.

Er begann Gedanken und Regungen in mir zu wecken, die bislang in einer anderen Seele in mir schlummerten.

Seine Stimme hatte den Lärm draußen im Suk vor dem Eingang des Teppichladens verklingen lassen. Der Menschenstrom, der sich dort unaufhörlich vorbei bewegte, kam mir vor wie die Puppenphalanx eines Marionettenspielers. Ich genoss den Geschmack des Tees und die Ruhe, die mir dieser Augenblick gab.

War das schon die Erfahrung von Glück?

War das schon eine gottgegebene Freude, von der er gesprochen hatte?

Der alte Mann lächelte mich wieder vielsagend an. Dann trank er den letzten Rest seines Tees aus und erhob sich:

„Der hebräische Weisheitslehrer, von dem ich dir erzählte, hat einmal seinen Schülern vorgetragen:

<Ich sah das Tun Gottes in seiner Gesamtheit. Fürwahr, der Mensch kann das Tun, das unter der Sonne getan wird, nicht erkennen und herausfinden. Selbst dann, wenn der Mensch sich abmüht, es zu suchen, kann er es doch nicht finden.>

Du siehst also, da der Mensch Vergangenheit und Zukunft nicht fassen kann, bleibt ihm somit allein die Gegenwart. Diese aber kann und soll der Mensch ergreifen und leben.

Carpe diem! Nutze den Tag!

Gott sei mit dir!

Wir sehen uns wieder."

Damit verließ er den Teppichladen und wurde vom Strom der Passanten aufgesogen.

Auch ich ließ mich von diesem Strom der Kaufinteressenten, Neugierigen und Touristen fortspülen.

Nachdenklich betrachtete ich die Auslagen im Suk der Goldschmiede. Alle Kaufangebote oder Interessenbekundungen der Händler beantwortete ich mit einem Kopfschütteln.

Ich war ganz tief in Gedanken versunken.

Der alte Araber hatte in mir die Erkenntnis geweckt, dass Glück und Freude in der Erfahrung von Glück und Freude liegt und nicht im Besitz auch höchster Werte.

Freude sollte also mein Leben bestimmen.

Ich blickte auf die faszinierenden Auslagen aus Gold und Edelsteinen. Glück war also viel mehr als der Besitz solcher kostbaren Werte.

Und was war eigentlich mit dem Unglück?

Ein Satz des alten Mannes fiel mir wieder ein:

„Ein Mensch kann sich nicht vor Unglück schützen, weder durch Vorsicht noch durch Versicherungen. Der Mensch muss auch das Unglück annehmen, das ebenso wie das Glück von Gott kommt."

Ich ließ mich und meine Gedanken weitertreiben.

War es Gottes Fügung, dass ich hier in Aleppo, in Halab, in einem anderen Kultur- und Lebenskreis mit anderen Werten und Vorstellungen beginnen sollte, über mein Leben und dessen Sinn nachzudenken?

Ich war nach Syrien gefahren, um den Vorderen Orient kennen zu lernen, um ein wenig arabisches Flair einzuatmen, um eine andere Kultur auf mich wirken zu lassen. Doch heute, hier in Aleppo oder Ash-Shahba, wie sie auch genannt wurde, lehrte mich ein alter Araber mit Worten eines hebräischen Weisheitslehrers etwas über mich selbst.

Ich drehte mich um.

Dann ging ich schnellen Schrittes den Weg durch die Basare zurück zum Ausgangspunkt.

Dank meiner guten Orientierungsgabe gelang mir das dann auch mit einiger Mühe.

Dort am Ausgangspunkt angekommen, ging ich den Weg noch einmal. Erwartet hatte ich wohl nicht, das genau Gleiche wieder zu erleben. Doch ich roch wie beim ersten Mal die unterschiedlichsten Düfte und Gerüche im Suk der Gewürzhändler. Ich wurde im Basar der Kleiderhändler wieder und wieder angesprochen und musste mich im Suk mit den fantastischen Goldschmiedearbeiten heftig gegen die aufdringlichen Händler wehren, die mir unentwegt etwas verkaufen wollten.

Doch der zweite Gang war anders, wohl dadurch, dass ich das alles irgendwie geschärft wahrnahm.

Geschah so etwas, wenn man sich auf die Gegenwart konzentrierte?

Bevor ich die Suks verließ, stürzte vor mir ein kleines Mädchen. Ich half ihr auf. Große dunkle Augen sahen mich an, tränenverschmiert und ängstlich.

Eine dicke Matrone, die an diese italienischen Mamas aus der Nudelwerbung erinnerte, nahm mir das Kind ab, um mich mit einem Schwall Arabisch zu übergießen.

Mir ist bis heute nicht klar, ob sie sich bedanken wollte, dass ich das Mädchen aufhob, damit ihr im Strom der Basarbesucher nichts passierte; oder ob sie mich ausschalt, weil ich das Mädchen angefasst und hochgehoben hatte.

Als ich dem Mädchen jedoch zuzwinkerte, lächelte es mich wie eine kleine Prinzessin huldvoll an und winkte mir nach.

War dies etwas, was der alte Mann meinte, wenn er vom Genießen des Augenblicks sprach?

War dies einer der Augenblicke der Freude?

Erfahrung von ein wenig Glück?

Ein kleines Geschenk Gottes an einem an sich schon wundersamen Tag? Das Lächeln eines kleinen Mädchens?

Ich vermutete es, wusste es aber nicht.

Wieder einmal überlegte ich, wer dieser alte Mann wohl war. Wieso war ich das Objekt seiner Belehrungen? Was hatte ihn gerade mich auswählen lassen?

Nach dem was er sagte, als er sich verabschiedet hatte, würde ich ihn wiedersehen und dann musste ich ihn unbedingt danach fragen.

Allepo:
Die Omayyadenmoschee

Ich war einer der letzten der Reisegruppe, die sich an dem vereinbarten Treffpunkt vor dem Tor der Omayyadenmoschee einfand.

Die Reiseleitung erklärte den Frauen in der Gruppe, dass sie hier am Eingang einen Umhang mit Kapuze anziehen müssten, da es sonst nicht schicklich sei für Frauen, die Moschee zu betreten.

Sogleich ging das Gezeter von wegen Gleichberechtigung und man ließe sich nichts vorschreiben bei einigen Frauen wieder los.

Eine der Teilnehmerinnen meinte sogar, sie sehe „männlich" genug aus, um sich diesen Zirkus mit dem Verkleiden sparen zu können.

Der Ehemann sah das mit dem „männlich" seiner Gemahlin wohl ähnlich. Denn er hatte den gequälten Blick einer überarbeiteten und genervten Hausfrau, als er versuchte seine Frau davon zu überzeugen, sie möge sich doch in das Unvermeidliche fügen.

Wir überstiegen die steinerne Schwelle und traten durch den linken Torflügel und einen Durchgang, wo die Frauen von unerbittlichen alten Männern mit braunen Umhängen ausgestattet wurden. Selbst die Kapuzen mussten übergestreift werden, darauf bestanden die Tor- und Sittlichkeitswächter.

Wie der linke offene Torflügel Besucher auf den Platz der Moschee einließ, so hielt der rechte geschlossene Torflügel zugleich den Lärm von draußen ab. Man konnte das Eintreten durch dieses Tor fast mit dem Schritt vergleichen, der einen von einem sonnigen, schwül heißen Wüstentag in die klimatisierten Räume eines Hotels brachte. Unwillkürlich sprachen dann auch alle erst einmal viel zu laut.

Wir standen in einem weiten rechteckigen Innenhof.

Mein erster Eindruck war eine kleine Enttäuschung, da ich wahrscheinlich in Gedanken die prachtvolle Omayyadenmoschee in Damaskus automatisch zum Vergleich heranzog.

Der Boden strahlte einen gewissen Glanz aus, da sein Belag ganz aus Marmor zu sein schien. Das lang gestreckte Gebäude der Moschee wirkte aber eher wie eine graue Karawanserei und war gänzlich ohne Schmuck.

Wir gingen in die Mitte des lang gestreckten Hofes und versammelten uns um einen Brunnen, der das Wasser für die notwendigen Waschungen bereitstellte. Außer ein paar Touristen waren nicht viele Menschen in diesem Innenhof versammelt.

Was mir allerdings auffiel, waren vereinzelte alte Männer, die über den ganzen Hof verteilt auf kleinen Hockern saßen. Die meisten hatten noch irgendeinen Stock bei sich. Derjenige, der mir am nächsten saß, starrte mit blicklosen Augen zu uns hin.

Ich erkannte, dass er blind war.

Sein Turban war ein schmutziges Grau, sein helles Gewand glich einem undefinierbaren Weiß. Sein Gesicht war voller Falten und unrasiert. Er schien meinen Blick zu spüren, denn er wandte mir seine Augen zu, die mir ein Schaudern über den Rücken laufen ließen.

Unsere Reiseleitung bat uns, der Moschee erst einmal den Rücken zuzukehren und gegenüber in der rechten Ecke das Minarett zu bewundern.

Es wäre eines der ältesten Minarette überhaupt und jeder könnte an den vier unterschiedlich gestalteten Bauteilen, die mehr oder minder unabhängigen Bauphasen gut erkennen.

Mit leisem Gemurmel wurden Fotoapparate ausgepackt und fachmännische Kommentare zu diesem Minarett abgegeben.

Dann zuckte ich zusammen und fuhr herum.

Der blinde alte Mann hinter mir hatte den Kopf zur Seite geneigt, eine Hand als Verlängerung hinter sein rechtes Ohr gelegt und war in einen lauten eintönigen Singsang ausgebrochen.

Im Nu stimmten alle alten Männer auf diesem Platz in das Konzert mit ein. Es war so fremd und klang so, wie der Gesang der Muezzins, der mich zuerst immer wieder hatte zusammenfahren lassen. Auch andere aus der Reisegruppe waren erschrocken zusammengezuckt, als dieser Gesang der alten blinden Männer begann.

Unsere Reiseleitung erklärte uns dazu, dass die Männer Koransuren singen würden, dass jeder eine andere Sure singt und auch mit einer anderen Stimme, Tonlage und Melodie.

Jetzt erst hörte ich die Unterschiede und je länger ich zuhörte, desto intensiver empfand ich die Inbrunst, die diese Stimmen gegen den Himmel schickten. Der Gesang war plötzlich eine Versuchung für mich, in eine wiegende Bewegung zu fallen und mitzusingen.

Aber noch mehr war der Drang da, nur zu lauschen, rundum abzuschalten und ein Teil der Melodie zu werden.

Was zuerst wie eine Kakofonie an unterschiedlichen Stimmen, Worten und Tönen so misstönend geklungen hatte, wurde zu einem einheitlichen Chor von individuellem Gotteslob.

Nur ungern verließ ich mit den andern den sonnenüberfluteten Innenhof, um in das Innere der Moschee zu treten.

Da wir schon einige Moscheen auf dieser Reise besucht hatten, gab die Reiseleitung uns hier nur ganz kurz gefasste Erklärungen zu Baustil und Ausstattung der Moschee.

Dann hatten wir die Möglichkeit frei über unsere weiteren Unternehmungen zu entscheiden. Bei Sonnenuntergang würde der Bus am Ausgang der Zitadelle auf uns warten. Viele verließen sofort die Moschee, um sich zum Einkaufsbummel wieder in die Basare zu stürzen.

Ich setzte mich mit dem Rücken an eine Säule gelehnt im Schneidersitz hin gegenüber der Gebetsnische und sah mich um. Trotz des späten Nachmittags war es draußen ja noch recht warm gewesen. Die Kühle und Ruhe hier in der Moschee hatten auch andere ermuntert, sich hierher zu flüchten.

Eine junge Familie saß ein paar Meter weiter.

Der Vater hockte auf den Knien da, hatte die Arme seitwärts erhoben und murmelte Gebete mit geschlossenen Augen. Seine Frau saß seitlich hinter ihm und war tief verschleiert. In ihrem Schoß lag ein Kind und schlief.

Auf der anderen Seite lagen zwei Männer auf der Seite, den Kopf in der Hand auf dem Ellenbogen gestützt und schliefen.

Eine Gruppe Männer unterschiedlichsten Alters saß in der Nähe in einem Kreis zusammen und sie diskutieren halblaut.

Ein Stück weiter seitwärts war eine hölzerne Balustrade. Dort saßen Männer mit dem Rücken an das schön geschnitzte Holz gelehnt über Koranbücher und murmelten halblaut ellenlange Rezitationen.

Ich stand auf und trat an diese Balustrade von hinten heran. Fast erwartete ich, dort meinen alten arabischen Freund sitzen zu sehen. Hier wäre genau der Ort, wo ich ihn in immerwährendem Studium der Schriften am ehesten vermuten würde.

Eine leichte Enttäuschung machte sich breit, da ich ihn nirgendwo unter all den Männern, die im Koran lasen, entdecken konnte.

Dafür sah ich genau vor mir einen wundervollen reich verzierten Koran aufgeschlagen. Goldene arabische Schriftzeichen wie Blumengirlanden wanden sich über die Seiten. Für einen an westliches Schreibgut und Computerausdrucke gewöhnten Mitteleuropäer hätten sich hier ohne Vorkenntnisse keine lesbaren Zeichen vermuten lassen. Verschnörkelt, spielerisch und graziös wanden sich die Konsonanten von den Vokalen wie Schmetterlinge begleitet die Seite abwärts.

Der Mann, der vor diesem schönen Exemplar saß, blätterte um und schien dabei meine Anwesenheit hinter ihm und mein Interesse zu ahnen.

Er schaute hoch.

„*Franzose?*",

fragte er mich mit französischer Aussprache.

Ich schüttelte den Kopf.

„*Engländer?*"

Ich verneinte wiederum und brachte ein mehr geflüstertes „Deutscher" heraus.

„*Ah!*",

strahlte er zu mir hoch.

„*Gruß Gott!*"

Ich musste lachen.

Trotz seiner bayrischen Begrüßung führten wir dann unsere Unterhaltung weiter in englischer Sprache.

Zuerst bat er mich, Platz zu nehmen. Ich sank neben ihm auf den weichen Teppich und er stellte das kleine hölzerne Lesepult mit dem eindrucksvollen Exemplar vor mich hin.

Ich blätterte ein paar Seiten hin und her und erklärte ihm dabei, dass ich leider kein Arabisch lesen könnte und dass diese prachtvolle Ausstattung mit den goldenen Lettern wie ein Buch aus den Märchen von tausendundeiner Nacht auf mich wirken würde.

Er erklärte mir, immer wieder nach den richtigen englischen Worten suchend, dass der Koran ein heiliges Buch sei. Gottes Weisungen an seinen Propheten Mohammed wären darin niedergelegt worden.

„*Und sind Gottes Weisungen und Offenbarungen nicht das höchste Gut für die Menschen auf Erden? Allein deshalb muss für diese Weisungen auch ein entsprechender äußerer Rahmen geschaffen sein.*"

Ich erfuhr weiter, dass der Koran, der da vor mir lag, über 150 Jahre alt war und von einem frommen Stadtkommandanten aus Aleppo in Auftrag gegeben worden war.

Der Mann neben mir schlug die letzte Seite des Buches auf. Mitten auf dieser Seite endeten die schönen Schriftzeichen und satten Farben.

„Mein Urgroßvater konnte sein Werk nicht vollenden, wie du siehst.

Ein missgünstiger Nachbar verklagte ihn und behauptete, mein Urgroßvater würde abends in die Fenster seines Harems schauen und seine jungen Frauen und Töchter beim Baden beobachten.

Damals galten strengere Gesetze als heute.

Der Stadtkommandant verurteilte meinen Urgroßvater und ließ ihn blenden, als Strafe für das Vergehen mit seinen Augen.

Erst nach der Urteilsverkündung und -vollstreckung fiel dem Kommandanten ein, dass er ja diesen Koran bei meinem Urgroßvater in Auftrag gegeben hatte und er erkundigte sich nach dem Stand der Angelegenheit.

Mein Urgroßvater soll ihm damals erwidert haben: <Die letzten sieben Verse, die noch zur Vollendung fehlen, wird Allah dir in dein Herz schreiben.>

Da sah der Kommandant wohl, dass er einen unverzeihlichen Fehler gemacht hatte, dem missgünstigen Nachbarn zu trauen.

Mein Urgroßvater wurde reich entschädigt, der Nachbar in den Kerker geworfen und der unvollendete Koran blieb in der Familie, damit er den Stadtkommandanten nicht an sein begangenes Unrecht erinnern konnte."

Nachdenklich schwieg der Mann neben mir und auch ich schlug mit noch größerer Sorgfalt die

Seiten um und dachte an das Schicksal, dessen, der dieses Wunderwerk mehr gemalt denn geschrieben hatte.

Ich schob das Lesepult mit dem Koran wieder meinem Nachbarn zu und begann mich zu verabschieden, doch er bat mich, noch einen Augenblick zu bleiben. Bevor ich ging, wollte er noch ein kurzes Gebet sprechen. Er schloss die Augen und begann:

„Im Namen Allahs, des Barmherzigen, des Allerbarmers, des Allmächtigen. Gott ist groß und Mohammed ist sein Prophet und Jesus ben-Maria ist auch sein Prophet und Gott ist allmächtig über die Gedanken der Menschen."

Er verneigte sich und schwieg.

Dann stand er auf, reichte mir die Hand und verabschiedete sich.

Ich war ganz gerührt und verließ mit raschem Schritt die Omayyadenmoschee von Aleppo, zog meine Sandalen wieder an und tauchte aus der Kühle und dem Dämmerlicht der Moschee in die noch immer helle und warme Umgebung des ummauerten Hofes ein.

Die alten Männer waren verschwunden.

Tauben suchten die Platten nach etwas Verwertbarem ab. Das Minarett reckte sich in einen beginnenden Abendhimmel wie ein warnender Zeigefinger hinauf.

Allepo:
Abschied

Schnell war ich durch die Suks geeilt und hatte ein weiteres Mal die Zitadelle durchschritten, um hier die Verwandlung von Halab zu erleben.

Viele Touristen hatten sich eingefunden und es herrschte eine lebhafte Geschäftigkeit hier über der Stadt.

Abwartend saß ich jetzt auf der Mauer die Sonne im Rücken.

Langsam, fast schleichend, begann die Sonne das graue Häusermeer unter mir in vielerlei Rot und Braun zu färben. Während die Schatten immer länger wurden und der Dunst des Tages sich in nicht erreichbare Sphären verlor.

Ash-Shahba, die Aschgraue, legte ihr Abend-Make-up auf und wurde durch diese Verwandlung zu Ash-Shahba, die Rotbraune.

Genau seitlich neben mir vernahm ich plötzlich die Stimme des alten Arabers, dem ich heute am Vormittag zum ersten Mal im Thronsaal begegnet war.

Er sprach in Richtung Stadt tief unter uns, doch wusste ich, seine Worte galten nur mir.

„Geh, mein Sohn!
Iss freudig deine Pizza
und trink vergnügt dein Bier;
denn das, was du tust,
hat Gott längst so bestimmt, wie es ihm gefiel.
Trag jederzeit ein sauberes T-Shirt
und nie fehle ein duftendes Rasierwasser
auf deinen Wangen.
Mit einer Frau, die du liebst,

*genieße jeden Abschnitt deines Lebens;
denn das ist dein Anteil am Leben
und das ist dein Gewinn,
für den du dich anstrengst unter der Sonne.
Was deine Hand zu tun vorfindet, das tu,
solange du noch Kraft hast dazu.
Freu dich in deiner Jugend,
sei heiteren Herzens in deinen späteren Jahren.
Geh auf den Wegen, die dein Herz dir sagt,
zu dem, was deine Augen vor sich sehen.
Und denk an deinen Schöpfer in diesen Tagen,
ehe die Tage des Unglücks kommen
und Jahre dich erreichen,
von denen du sagen wirst:
Ich mag sie nicht."*

Halab oder Aleppo strahlte im roten Glanz der Abendsonne.

Ich sah zu dem alten Mann hin, der mir heute schon so viel zum Nachdenken mitgegeben hatte.

„Wer bist du?

Warum hast du gerade mich ausgewählt?"

Eigentlich erwartete ich gar keine Antwort.

Eigentlich war ich mir schon sicher, wie seine Antwort aussehen würde.

Trotzdem spürte ich eine gewisse Spannung, als er sich jetzt mir zuwandte:

„Vielleicht bin ich die semitische Seite in dir, die du heute entdeckt hast.

Vielleicht bin ich nur eine Weisheit, die in dir schlummert und geweckt werden musste.

Vielleicht bin ich eine andere Seele in dir.

Vielleicht ergeht es dir heute wie der Stadt Aleppo.

Mal stehst du in einem grellen Licht und erscheinst grau und farblos, ein andermal fällt ein rotes, weiches Licht auf dieselbe Stelle und du wandelst dich von Aschgrau zu Rotbraun.

Wenn du mich verstehen und entdecken willst, denk an Halab!"

In der beginnenden Dunkelheit konnte ich jetzt kaum noch etwas von der Stadt unter mir sehen. Als ich mich zum Gehen wandte, war auch der alte Mann verschwunden.

Herr Soundso

Erschrocken dachte ich, jetzt ist dir dein Interviewpartner gestorben.

Die dünnen, durchscheinenden mit dunklen Flecken versehenen Hände lagen regungslos auf den Armlehnen seines Rollstuhles.

Sein raubvogelähnlicher Kopf mit den schütteren weißen Haaren hatte sich seit einer Ewigkeit nicht mehr bewegt.

Die Spannung in seinen dünnen Lippen hatte nachgelassen und so ließ sich dazwischen die Andeutung von gelben Zähnen erblicken.

Seine Augen waren starr.

Die Lider hatten sich seit unendlich scheinenden langen Minuten nicht mehr bewegt und sein Blick war schon in die Ewigkeit gerichtet.

Nur die kaum merklichen Atembewegungen seines mageren Körpers mit den nach vorne gesunkenen Schultern bewegten den viel zu weiten Pullover.

Er lebte also noch.

Vor einer Stunde

– mir schien es unendlich lange her –

war ich die Treppen in den zweiten Stock des örtlichen Seniorenheims hochgehetzt.

Wie immer war ich viel zu spät und ein hässlicher Gedanke war mir durch den Kopf geschossen. Ich hatte gehofft, dass mein Interviewpartner, ein Bewohner dieses Hauses, der morgen einhundert Jahre alt werden würde, hoffentlich nicht schon verstorben sei, bevor ich einträfe.

Eine Altenpflegerin führte mich in einen Aufenthaltsraum, in dem zwei alte, senile Damen ohne jede Gemütsbewegung vor einem Fernseher kauerten und sich das Kinderprogramm ansahen.

Dann sah ich vor einem großen Panoramafenster mit einem wunderschönen Blick auf einen von Bäumen umstandenen See in einem Rollstuhl sitzend zum ersten Mal Herrn Soundso.

Sein Blick ging durch das Fenster hinaus und war weit weg in die Ferne gerichtet. Doch er schien weder die vielen Spaziergänger unten auf dem Seeweg noch die ausgelassen spielende Kinder wahrzunehmen.

Die Altenpflegerin rückte mir einen Stuhl neben dem Rollstuhl zurecht und wollte mich vorstellen. Bevor sie jedoch ihren Satz im Zusammenhang herausbringen konnte, blieb sie mitten im:

„Herr Soundso, ich wollte ..."

stecken.

Es waren ganz offensichtlich die dünnen Lippen des alten Mannes, die sich bewegt hatten und ihre Ansprache unterbrachen.

Mit einer tiefen sonoren Stimme, die man bestimmt nicht einem dünnen Hundertjährigen zutrauen würde, sagte mein Interviewpartner:

„Sie wollen bestimmt von mir eine zusammengeraffte Lebensgeschichte hören, oder?

Sie sind doch dieser Zeitungsmensch, nicht wahr?"

Langsam wie eine Schildkröte bewegte er den Kopf und ich sah in seine Augen, in denen ein Feuer brannte, das bestimmt viel gesehen hatte.

Ich nickte und setzte mich.

Der alte Mann wandte wieder den Kopf in Richtung Fenster.

„Haben Sie spezielle Fragen oder sollen wir nur so etwas plaudern?"

Es sah so aus, als redete er mit den Vögeln im Nachmittagshimmel oder den Enten, die da unten am See aufgeregt nach ihnen zugeworfenen Brotkrümeln schnappten. Und auch während des weiteren Gesprächs wandte er nicht einmal mehr den Kopf in meine Richtung.

Mein Konzept war irgendwie dahin.

Wieder begann der alte Mann das Gespräch:

„Meine Lebensdaten kann Ihnen schon mal die Schwester besorgen. Die führen hier ja über jeden so etwas wie eine Personalakte."

Damit schickte er die immer noch hinter mir stehende Altenpflegerin weg.

Es stahl sich so etwas wie ein Lächeln auf sein von vielen Furchen durchzogenes Gesicht.

„Die meisten wollen in den letzten Tagen von mir wissen, wie mein Rezept lautet, mit dem ich so alt geworden bin!"

Er machte eine Pause, nicht aus Atemnot, sondern um bewusst die Spannung zu erhöhen.

„Ganz einfach: Sehnsucht!"

Jetzt war ich doch sehr verblüfft.

Mein erster Gedanke war, dass mein Interviewpartner wohl ein Spaßvogel war und er mich jetzt auf die Schippe nehmen wollte.

Ich überlegte krampfhaft, wie ich ihm schnell eine passende humorvolle Antwort geben könnte. Aber außer einem weisen Spruch von Mark Twain, dass Schlagfertigkeit etwas ist, worauf die meisten erst vierundzwanzig Stunden später kommen, fiel mir absolut nichts ein.

Und das war gut so, weil ich feststellte, während ich noch in dieses Schweigen hinein nach Worten suchte, wie eine Träne dem alten Mann über die Wange rollte.

Peinlich berührt, beobachtete ich die Träne, die sich Falten entlang tastete, und mal schneller, mal langsamer durch die Wadis eines langen Lebens immer tiefer floss, bis sie im Mundwinkel hängen blieb.

Unendlich langsam hob der Jubilar die Hand und wischte mit dem Handrücken über seine dünnen Lippen, die daraufhin noch blutleerer wirkten.

Hinter mir begannen die beiden Frauen zu streiten und im Fernsehen lobte gerade in der Werbepause ein sehr rüstiger Rentner die Kraft der zwei Herzen.

„Wieso hält Sehnsucht Sie am Leben?
Und Sehnsucht worauf?"

Mitten in einen Augenblick der Stille platzte meine Frage ziemlich laut hinein und meine Stimme klang mir selbst absolut fremd.

Eine der Frauen rief dann auch *„pscht!"* in meine Richtung und gleich darauf wurde der spannende Kinderfilm im Fernsehen fortgesetzt und ich konzentrierte mich auf eine mögliche Antwort mit Block und gezücktem Kugelschreiber in der Hand.

Und dann hörte ich fasziniert zu, als Herr Soundso mir die Geschichte seiner Sehnsucht erzählte, die ihn wunderbarerweise so lange am Leben gehalten hatte.

„Mein Vater war der Mittlere von drei Brüdern. Der älteste Bruder hieß Elimelech und er zog mit

seiner Frau Noomi und seinen beiden Söhnen Machlon und Kiljon von unserem großen Landbesitz bei Betlehem in das Land Moab jenseits des Jordans.

Es war eine schlimme Zeit damals. Die Ernten waren schlecht. Viele Kinder verhungerten. Viele Erwachsene starben an Auszehrung oder wanderten aus.

Mein Vater und sein jüngerer Bruder hatten alle Hände voll zu tun, um nicht nur unsere Familien zu ernähren, sondern auch noch die vielen Pachtbauern und ihre zahlreiche Nachkommenschaft, für die mein Vater sich verantwortlich fühlte.

Der Sohn von dem jüngeren Bruder meines Vaters hieß Boas und wir beide kamen toll miteinander aus.

Als Kinder lernten wir die Not und das Elend kennen. Als wir erwachsen waren, gab es dann wieder überreiche Ernten und wir schwelgten im Überfluss.

Ich wurde traditionsgemäß mit einer Tochter aus angesehener Familie verheiratet und obwohl nach Liebe keiner gefragt hatte, kamen wir gut miteinander aus und hatten bald fünf bezaubernde Kinder.

Das Erbe Elimelechs und seiner Söhne hatten wir verpachtet und die Einnahmen daraus unter uns aufgeteilt. Schon als Kinder waren mir Machlon und Kiljon nicht so sympathisch gewesen und ich war nicht böse darüber, als sie damals fortgezogen waren.

Dann war da plötzlich der Tag gekommen und Noomi, die Frau Elimelechs war zurückgekehrt. Ihr Mann und ihre Söhne Machlon und Kiljon waren in der Fremde gestorben.

Schnell sprach sich herum, dass Noomi ihre moabitische Schwiegertochter mitgebracht hatte, die dem Ruf von außergewöhnlicher Schönheit, den alle moabitischen Frauen von sich in Anspruch nahmen, in vollkommener Weise zu entsprechen schien.

Es vergingen ein paar Wochen und ich will ehrlich sein, wenn ich sage, dass mich beide Frauen nicht sehr interessierten. Sie waren Störfaktoren in einem eigentlich geregelten Familienverband, in dem jeder wusste, welchen Platz und welche Funktion er innehatte.

Aber es gab da ein, beziehungsweise zwei Probleme, die immer drückender wurden und mir ständig die Nachtruhe raubten.

Das Gesetz des Levirats verlangte, dass ich als ältester männlicher Verwandter der Noomi, deren moabitische Schwiegertochter ehelichen sollte. Unsere gemeinsamen Kinder wären dann rechtlich gesehen die Kinder Machlons, ihres verstorbenen Mannes und würden sein Erbe erhalten und seine Linie fortsetzen.

Ich sah meine eigenen beiden Söhne und meine drei Töchter an und spürte tief in mir eine unendliche Liebe zu ihnen, die ich für andere wahrscheinlich nie aufbringen könnte.

Jetzt sollte ich also für jemand anderes Kinder in die Welt setzen mit einer Frau, die ich nicht nur nicht kannte, sondern die darüber hinaus auch noch eine Ausländerin war.

Außerdem gab es da noch das Gesetz des Lösers, das mich beauftragte, das Eigentum der Familiensippe als ihr Ältester zusammenzuhalten.

Da Noomi und ihre Schwiegertochter mittellose Witwen waren und so in Betlehem aufkreuzten, sprach sich hier schnell herum, dass Noomi beabsichtigte, einen Großteil von Elimelechs Grund und Boden zu verkaufen, um sich und diese Rut am Leben zu erhalten. Und meine Löserpflicht war nichts anderes als ein Vorkaufsrecht.

Noch etwas machte mich unruhig und ratlos.

Seit beide Frauen hier aufgetaucht waren und am Rande von Betlehem im so genannten „Armen- und Tagelöhnerviertel" eine Unterkunft gefunden hatten, war mein Vetter Boas total verändert.

Er mied mich bei den abendlichen Männerzusammenkünften und das Ungezwungene unseres bisherigen Umgangs miteinander war wie weggewischt.

Dann kam der Tag, an dem Boas mich, als ich von den Feldern nach Hause eilte, im Torbereich anrief und ziemlich barsch aufforderte mich bei ihm und zehn ausgesuchten Ältesten von Betlehem einzufinden, da es Wichtiges zu besprechen und entscheiden gäbe.

Er kam auch direkt zur Sache und erklärte lautstark und gestenreich, wie es eigentlich gar nicht seine Art war, dass die Witwe Noomi beabsichtige, ein Teil ihres Landes zu veräußern.

Ich war also als Löser gefragt.

Würde ich, um das Land der Familiensippe zusammen zu halten, der Witwe die Ländereien abkaufen oder nicht?

Längst hatte ich im Stillen für mich die ganze Lage durchgerechnet und schon einmal veranschlagt, ob ich mir das überhaupt leisten konnte, dieses Vorkaufsrecht in Anspruch zu nehmen. Ich war zu dem Ergebnis gekommen, dass es für mich sinnvoll wäre und auch wirtschaftlich.

Als es also zu der Besprechung mit den Ältesten kam, bejahte ich Boas Frage und sah die Ältesten bestätigend nicken.

Gleich darauf kam die von mir so gefürchtete zweite Verpflichtung zur Sprache. Ob ich auch bereit wäre, die Linie Elimelechs und Machlons durch eine Heirat mir Rut, der Witwe Machlons, und der Zeugung eines Stammhalters fortzusetzen.

Was war die Konsequenz, ging es mir noch einmal durch den Kopf, während alles mich anstarrte und auf eine Antwort von mir wartete.

Ich würde mit dieser Rut einen Sohn zeugen, der mich wie meine anderen Söhne beerben würde. Aber er wäre rechtlich der Sohn Machlons. All das Geld, was ich für die Grundstücke ausgäbe, würde ich meinen eigenen Kindern entziehen, denn über den Sohn der Rut würde es wieder in den Besitz der Linie Elimelechs zurückfließen.

Nein, das wollte ich nicht!

Deshalb schüttelte ich entschieden den Kopf und wagte dabei nicht in die Gesichter der um mich herum sitzenden Ältesten zu schauen.

Daraufhin erklärte mir Boas mit einem triumphierenden Zittern in der Stimme, dass man übereingekommen sei, beide Verpflichtungen – Levirat und Löser – miteinander zu verknüpfen.

Und die alten weisen Männer nickten dazu.

Jetzt sah ich Boas direkt an und merkte bei seinen nächsten Worten, dass er einen lange gehegten Plan verfolgte. Und jetzt wurde mir auch schlagartig klar, weshalb er in letzter Zeit jede Begegnung mit mir vermied. Er hatte offensichtlich befürchtet, dass ich sonst seinen Plan durchkreuzen könnte.

Wenn ich also vom Levirat zurücktrete, meinte er, müsste ich auch meine Löservorrechte niederlegen.

Ich war ihm nur wegen des mangelnden Vertrauens böse. Ansonsten war ich erleichtert, dass man das Ganze so realistisch und einfach sah.

Also erklärte ich meinen Verzicht auf alles und jede, erhob mich und verließ die Versammlung, froh, dass es keine Änderung in meinem gewohnten Alltag geben würde."

Gebannt hatte ich bis hierher dem alten Mann zugehört.

Er hatte bei seiner Erzählung keine Miene verzogen, keinen Muskel bewegt. Ob die Erinnerungen für ihn erfreulich oder schmerzvoll waren, konnte ich weder aus seinem Minenspiel noch aus seiner Haltung und erst recht nicht aus seiner Stimme entnehmen.

Draußen hatte der Spätnachmittag mit einer tief stehenden Sonne begonnen und ein leichter Wind ließ die Oberfläche des Sees sich kräuseln und unbeschreibliche Farbspiele hervorzaubern.

Menschen waren gekommen und gegangen.

Kinder spielten immer noch am Ufer des Sees.

Die Enten hatten sich in einem Pulk in der Mitte des Sees gesammelt, weitab in Sicherheit vor den Hunden, die leinenlos auf den Wegen am Ufer jeden und jedes beschnupperten.

Ich sah wieder zu meinem Gesprächspartner und als hätte er darauf gewartet, knüpfte er nahtlos in seiner Geschichte dort an, wo er vor Sekunden nur aufgehört hatte.

Obwohl ich es nicht anders erwartet hatte, wuchs meine Spannung, denn nun kam der Kern des Ganzen zur Sprache.

„Boas hatte meine beiden Verpflichtungen als nächster Verwandter übernommen und ich erfuhr, dass die Heirat mit Rut schon arrangiert war, obwohl er mit einer stillen, lieben Frau bereits verheiratet war und zwei süße Kinder hatte.

All das erzählte übrigens ein paar Tage später seine Frau unter Tränen und Schluchzen meiner Frau.

Und ihre Kinder saßen verständnislos dabei.

Und meine Erleichterung über meine richtige Entscheidung für das Altbewährte gegen diese neue Herausforderung war riesengroß, wenn ich mir meine Frau unter Tränen und die Verständnislosigkeit meiner Kinder im anderen Fall vorstellte.

Wieder ein paar Tage später, als ich zwischen den Feldern Boas und meinen eigenen nach einem arbeitsreichen Tag auf dem Heimweg war, sah ich sie zum ersten Mal.

Ich sah Rut.

Und es war wie ein Frühlingsregen auf ausgetrocknetem, porösem Winterboden, wie ein kühler Abendwind nach einem heißen, schweißtreibenden Tag, wie das Erblühen einer wunderschönen Blume.

Und es war eine Liebe auf diesen einen ersten Blick hin.

Ich war hingerissen und glaubte, die schönste Frau meines Lebens gesehen zu haben.

Ich bin kein Mann des Kampfes. Und ich kämpfe bestimmt keine aussichtslosen Schlachten und auch keine nur zu verlierenden Gefechte. Ich sah sie beide, Boas und Rut, im liebevollen Miteinander dort auf dem Feld.

Ich bin ein Mann der getroffene Vereinbarungen respektiert und nicht wegen ein paar Gefühlen einfach umschmeißt.

So begann in meinem Herzen nur ein unsichtbarer Keimling zu wachsen.

Eine Sehnsucht nach dieser Rut, dieser Frau.

Eine Sehnsucht, die ich nicht ausleben, nicht artikulieren und nicht zeigen durfte und konnte.

Diese Sehnsucht und dieses Gefühl, das ständig wuchs und immer mächtiger wurde und stärker an mir zehrte.

Manchmal glaubte ich, Herr darüber werden zu können.

Doch dann gebar sie einen Sohn dem Boas und mir wurde schlagartig bewusst, dass ich es hätte sein können, der mit ihr die intimsten Zärtlichkeiten austauschte.

Wieder wurde es ein langer Kampf, um diese Sehnsucht nach ihr zu beruhigen, sie einzufrieren, sie in die Wüste zu schicken, sie sterben zu lassen.

Und immer wieder waren da Ereignisse, die alles wieder aufbrechen ließen.

Jubelnd wurde Rut immer wieder erwähnt als Stammmutter in der davidischen Königslinie und jedes Mal, wenn ihr Name und der Boas genannt wurden, kochten meine Gefühle über.

Dabei erstreckte sich plötzlich meine Sehnsucht nicht mehr nur auf die Frau, sondern auch auf den Ruhm, den sie verkörperte."

Ich spürte meinen Herzschlag bis in den Hals klopfen, als der Alte jetzt schwieg.

Nach einer unendlich langen Zeit, in dem keine Wimper, kein Finger, kein Haar und kein Muskel an dem alten Mann zuckte oder sich bewegte, wollte ich ihn schon berühren und anstoßen, ob er noch ein Lebenszeichen von sich geben würde.

Ich tat es nicht.

Ich war wie gelähmt, wie verzaubert und spürte plötzlich selbst ein unbändiges Verlangen, diese Rut kennen zu lernen.

Der alte Mann sah mich auch jetzt nicht an, als er mich mit einem letzten Satz verabschiedete.

„Mein Körper ist alt und will nicht mehr. Aber mein Geist ist hell wach und jung und noch immer voller Sehnsucht nach dieser Frau, nach Ruhm und Unsterblichkeit.

Gehen Sie jetzt!

Schreiben Sie irgendetwas über mich!

Und ich wünsche Ihnen, dass Sie immer die richtigen Entscheidungen treffen."

Dann saß er regungslos und tonlos da und schien wieder in einer anderen Welt versunken, zu der ich keinen Zugang mehr hatte.

Und ich erhob mich ganz leise, stellte den Stuhl an seinen Platz zurück und musste plötzlich über so vieles nachdenken.

Das Sakrament der Leere:
Der leere Tempel

Ich stand vor dem Allerheiligsten in den Resten des Tempels von Arad, dem ältesten Jahwe-Heiligtum, wie ich aus den Worten unserer Reiseleiterin entnahm, die sie hinter mir an die ganze Gruppe richtete.

Fünf - jetzt sehr ungleiche und unebene Stufen – führten in den vielleicht eineinhalb Meter tiefen und genauso breiten Raum hinein.

Am Eingang dazu, in Höhe der 3. Stufe, standen links und rechts zwei unterschiedlich hohe viereckige Steinsäulen mit flachen schwarz verfärbten Mulden, deren Verwendung als Rauchopferaltäre uns gerade erklärt wurde.

Ich schloss die Augen aus dem unbestimmbaren Bedürfnis heraus, dadurch mehr von der Ausstrahlung dieses uralten heiligen Ortes zu spüren.

Ich hörte hinter mir noch weitere Erklärungen der Reiseleiterin, als ich einen beißenden Geruch nach Weihrauch wahrnahm.

Die Helligkeit hinter meinen geschlossenen Augenlidern wurde plötzlich schlagartig dunkel und schwarz, als ob jemand mir seine Hand vor die Augen gelegt hätte.

Ich öffnete die Augen wieder und erschrak.

Vor mir befand sich ein dunkler blutroter Vorhang.

Er verdeckte jetzt den Eingang zum Allerheiligsten.

Dicke Rauchwolken aus Weihrauch stiegen von den beiden Rauchopferaltären hoch gegen die rußgeschwärzte Balkendecke über mir.

War ich verhext?

Hatte ich Halluzinationen?

War ich entrückt in eine andere Zeit und Welt?

Vorsichtig sah ich nach rechts und links. Nur Rauch und Dunkelheit. Dann sah ich nach hinten, woher das Licht kam.

Ich stand im Vorraum zum Allerheiligsten. Genau hinter mir war die hohe Tür zum Innenhof mit dem großen Brandopferaltar. Allein war ich in diesem fensterlosen Raum von acht Metern Breite und nur zwei Metern Tiefe.

Die Dunkelheit und der dichte Rauch ließen mich weder rechts noch links mehr erkennen.

An der Tür zum Innenhof standen mit dem Rücken zu mir zwei Männer. Sie hatten einen hellfarbenen Lendenschurz an und eine Art Lederhaube auf dem Kopf. In einer Hand hielten sie einen runden mit Leder bespannten Schild und in der anderen Hand eine lange gerade Holzstange mit einer Spitze aus Kupfer. Es waren wohl Wächter, die den Zugang bewachten.

Ich wandte mich wieder dem Vorhang zu.

Eine Aura des Besonderen, des Außergewöhnlichen umgab mich. Das Halbdunkel, der schwere intensive Weihrauchduft, der blutrote Vorhang, all das verstärkte dieses Gefühl noch.

Vorsichtig streckte ich die Hand aus.

Sie bewegte sich wie in Zeitlupe.

Meine Fingerspitzen berührten den Vorhang. Weich spürten sie seine Oberfläche. Unendlich langsam versuchte ich ihn zur Seite zu bewegen, um einen Blick in das Allerheiligste dahinter zu werfen.

Zentimeter um Zentimeter bewegte ich meinen Arm.

Der Lichtschein, der durch die schmale Tür des Vorraums hinter mir fiel, schaffte es gerade die nächste Stufe zu erhellen.

Ich konnte immer noch nichts erkennen.

Ich musste einen weiteren Schritt tun.

Das Geheimnis dahinter zog mich in seinen Bann.

Ich musste es lüften.

Gab es vielleicht Anzeichen für den verborgenen Gott dahinter? Für mich gab es im Moment nichts Wichtigeres auf der Welt, als den Blick in das Dunkel des Allerheiligsten hinter diesem Vorhang.

Schlagartig wurde mir klar, dass ich etwas Verbotenes tat. Warum waren sonst Wächter an der Tür postiert, die dazu auch noch bewaffnet waren? Warum war es sonst hier so leer, obwohl der Innenhof vor Menschen überquoll?

Sollte ich nicht besser verschwinden?

Nein!

Nur noch ein Stückchen Vorhang, dann musste doch etwas zu sehen sein. Meine Finger zitterten. Nur jetzt kein Geräusch, das nach außen dringt.

Da kam der Schrei.

Ich fuhr herum.

Ein Mann stand zwischen den Wächtern im Türausschnitt und starrte mich an. Sein Obergewand aus purpurrotem Stoff war mit Goldstickereien besetzt. Seine hohe Kopfbedeckung erinnerte mich an eine Bischofsmütze.

Es konnte nur ein Priester sein.

Aber jetzt geschah alles rasend schnell.

Ich stürzte aus dem Vorraum in den Innenhof und stieß dabei den Priester mit der Hand zur Seite. Dort im Innenhof schien mir die einzige Fluchtmöglichkeit.

Der Priester schrie etwas wie: Frevel und Entweihung.

Doch dann hörte ich mit Entsetzten seine Aufforderung:

„Tötet ihn!"

Die beiden Männer neben dem Eingang ließen ihre Speere fahren und zogen kurze Schwerter aus dem Gürtel.

Ich kämpfte mich mit Ellenbogen durch den Innenhof. Hier herrschte ein furchtbares Gedränge. Opfertiere, Männer, Frauen und Kinder liefen durcheinander, jetzt auch noch durch die Rufe aufgescheucht. Von dem großen Brandopferaltar stieg beißender Rauch und Qualm auf. Das Feuer des Brandopfers verströmte eine unmäßige Hitze. Dazu erfüllte eine Kakophonie von Stimmen das Geviert. Menschen riefen, Kinder weinten, Ziegen und Schafe blökten und ein Wächter, der dazwischen brüllte, dass man mich festhalten sollte.

Ich hetzte durch diesen Lärm, durch diesen Blut- und Brandgeruch.

Ich war total in Panik.

Ich stolperte über Schafe und Kinder, rutschte fast im Ziegenkot aus, stieß einem Mann, der mich ergreifen wollte, die Nase blutig und erreichte endlich das Tor nach draußen.

Aber alles war zu spät.

Auch hier standen Tempelwächter mit gezogenem Schwert. Einer versperrte mir den Weg. Als ich ihm ausweichen wollte, stürzte ich und landete krachend auf das Pflaster der Gasse. Dabei schürfte ich mir Ellenbogen und Knie auf.

Trotzdem wollte ich wieder aufspringen, doch als ich hochblickte, sah ich den zweiten Tempelwächter mit erhobenem Schwertarm über mir stehen.

Das war es dann wohl.

Wie würde es sein, wenn man tot ist?

Ich schloss die Augen und wartete auf den Schmerz.

Doch nichts.

Kein Geschrei mehr.

Kein Lärm.

Kein Blut- und Brandgeruch.

Dafür war da wieder die Stimme im Hintergrund, die gerade erklärte:

„Wahrscheinlich wurde dieser Tempel im Zuge der Zentralisierungsbestrebungen in Richtung Jerusalem von König Joschija zwischen 639 und 609 zerstört und mit Kasematten überbaut."

Ich atmete total erleichtert mehrmals tief durch.

Dann verließ ich schnell die Tempel- und Festungsanlage und setzte mich auf einen dicken Steinquader am Rande eines sanften Abhangs. Mein Hemd klebte am Rücken vor Schweiß. Mein Atem ging wie nach einem hundert Meter Spurt. Mein Ellenbogen und mein Knie schmerzten, dort wo ich mir die Haut aufgeschürft hatte.

Ich wollte allein sein.

In Ruhe nachdenken, musste ich.

Vor mir fiel der Hang sanft ab und seine Gras bewachsenen Ausläufer schienen weit in der Ferne erst in heiße und staubige Sand- und Felsengebiete überzugehen. Ziegen weideten auf diesem Abhang. Unter mir, wo der Hang auslief, ging ein Hirtenjunge mit einem langen schmutzig-weißen Gewand und einem rot gemusterten Tuch als Kopfbedeckung.

Von irgendwoher ertönte der Klang einer Flöte.

Hier war alles so friedlich.

Allmählich fand ich wieder zu mir.

Als sich Blutdruck und Puls wieder beruhigt hatten, machte ich mich auf den Weg zurück zur Gruppe.

Meine Reisegruppe verließ gerade das Jahwe-Heiligtum, um in die darunter gelegene Ausgrabungsstätten hinunterzugehen.

Ich durchschritt noch einmal den Innenhof, vorbei an den Resten des großen Brandopferaltares und ging wieder durch die schmale Türöffnung in den Vorraum bis zur untersten Stufe vor dem Allerheiligsten. Ich erlag der Versuchung meine Augen noch einmal zu schließen und doch hoffte ich innerlich, nicht schon wieder in die Vergangenheit entführt zu werden.

Es wurde wieder dunkel vor meiner Augenlider.

Ein Schauern und Kribbeln lief über meinen Körper. Ich war keiner Bewegung fähig. Ich roch keinen Weihrauch mehr und das beruhigte mich irgendwie. Als ich die Augen wieder öffnete, war zu meiner Verblüffung der Vorhang offen.

Der Fußboden glänzte jenseits der 5. Stufe wie von Kristall und im Halbdunkel stand der Priester.

Erschrocken blickte ich mich um.

Der Innenhof war leer.

Der Brandopferaltar leer geräumt, nur das an den Seiten getrocknete Blut war noch zu erkennen. Keine Menschen, Tiere oder Wächter.

Der Priester, der eben noch so voller Hass hinter mir her geschrien hatte, trat auf mich zu und schloss hinter sich den Vorhang.

Dann hackte er sich immer noch wortlos bei mir ein und führte mich in den sonnenbeschienenen Innenhof. Er ging mit mir zur gegenüberliegenden Wand an der eine Steinbank entlang lief.

Wir setzten uns hier in den Schatten mit dem Rücken gegen die noch von Wärme durchtränkten Steine.

Ich sah ihn an und war verblüfft von seinem Gesicht.

Es spiegelte nicht mehr Hass und Entsetzen, wie bei dem Schrei und dem Ruf nach meinem Tod, sondern es zeigte Fürsorge, Mitgefühl und Lebenserfahrung.

War das überhaupt derselbe Priester?

Dann begann er zu sprechen:

„Du verstehst wohl, dass du sterben musstest.

Niemand, absolut niemand darf erfahren, dass im Allerheiligsten unseres Gottes JHWH, nichts ist, dass es nur leer ist.

Die Menschen verstehen nicht, dass man JHWH nicht festsetzen, nicht festhalten kann."

Ich schloss wieder ganz schnell die Augen.

Nein, mir reichte es. Mein Kopf schien zu platzen.

Als ich die Augen wieder öffnete, hatte es auch diesmal wieder geklappt.

Ich lauschte und vernahm das Zirpen der Grillen im Gras, das Meckern der Ziegen, die auf dem Hang weideten, das Zwitschern der Vögel in den Steintorsos der Ausgrabungsfelder und sonst nur eine angenehme Ruhe.

Das Sakrament der Leere:
Der leere Felsendom

Abraham löffelte im Schatten des Zeltes die letzten Brocken Schafsfleisch aus seiner Suppe, als er im Gegenlicht die drei Männer auf sich zukommen sah.

Das letzte Mal, als sie ihn besucht hatten, war etliche Jahre her und er spürte auch jetzt, dass da wieder etwas auf ihn zukam, von dem er keine Vorstellung hatte.

Er stand auf, warf sich vor ihnen in den Sand und wollte wie damals sie mit aller Gastfreundschaft bewirten. Aber dazu kam es erst gar nicht.

Die Stimme seiner Elohim befahl ihm, seinen Sohn zu nehmen.

Abraham fragte, welchen, da er schließlich zwei Söhne habe, Isaak und Ismael.

Die Stimme sagte, er sollte den nehmen, den er liebte.

Und Abraham fragte wiederum, welchen, denn lieben tat er sie beide.

Die Stimme sagte: den Isaak.

Und dann befahlen ihm seine Elohim, diesen seinen Sohn Isaak, an einen Ort, den sie ihm nannten, zum Brandopfer darzubringen.

Abraham verschlug es die Sprache.

Und wie er mit seinen Elohim um Sodom und Gomorrha gefeilscht hatte, versuchte er jetzt um das Leben seines Sohnes Isaak zu feilschen.

Aber seine Gegenüber waren bereits verschwunden noch ehe er seinen Schock überwunden und die ersten Worte formuliert hatte.

Abraham verbrachte eine schlaflose Nacht.

Nachdem nichts geschah, das Unheil, das über ihn hereingebrochen war, aufzuhalten, befahl er am nächsten Morgen Isaak, den Esel mit Brandholz zu beladen.

Dann zogen sie los.

Und so gingen sie miteinander.

Isaak, der seinen Vater kannte, trottete zunächst schweigend neben dem Esel her.

Nach einiger Zeit fragte Isaak dann aber seinen Vater, was er denn vorhabe.

Und Abraham antwortete einsilbig, er werde seinen Elohim ein Brandopfer darbringen.

Wiederum schwiegen beide eine Zeit lang.

Und weiter gingen sie miteinander.

Doch Isaaks Neugierde überwog, so dass er schließlich doch mit der Frage herausrückte, was Abraham seiner Gottheit denn als Brandopfer darbringen wollte.

Abraham wurde einer Antwort enthoben, denn sie hatten mittlerweile die Altstadt von Jerusalem erreicht und Isaak wurde von den vielen Menschen, Geschäften, angebotenen Waren und den unterschiedlichsten Düften aus den Basaren völlig abgelenkt.

Isaak, der nur die Wüste und Schafe und Ziegen kannte, wurde überwältigt von den zahllosen Eindrücken, die hier ununterbrochen völlig neu auf ihn eindrangen.

Wie Abraham es schaffte mit seinem Esel in den Felsendom zu gelangen ohne aufgehalten zu werden, bleibt ein Geheimnis.

Er band jedenfalls seinen Esel an das Gitter, das den Felsen Moria mitten im Felsendom umgab, und half seinem Sohn über diese Absperrung zu steigen.

Dann reichte er ihm das Brandholz an und befahl Isaak auf der Kuppe des Felsens einen Holzstapel aufzuschichten.

Anschließend kletterte auch Abraham umständlich über das Gitter und holte das in seinem Gewand versteckte Messer heraus.

Isaak war von der Schönheit im Innern des Felsendoms fasziniert und nachdem er den Holzstapel fertig gestellt hatte, sah er sich voller Staunen um.

Er ließ seine Augen über die Inschriften ringsherum wandern und richtete dann seinen Blick nach oben in die herrliche Kuppel.

Abraham hatte vorgehabt, mit einem schnellen Schnitt über die Kehle seines Sohnes, die ganze Opferhandlung hinter sich zu bringen.

Wenn er dann den ausgebluteten Körper seines Sohnes auf den Holzstapel gehoben hatte und das Feuer entzündet war, erst dann wollte er seinem tiefen Kummer freien Lauf lassen.

Als er jetzt das Messer hob, um seinen Sohn zu schlachten wie er zu Hause die Lämmer schlachtete, hielt ihn eine Stimme von außerhalb des Gitters auf.

„Hey Alter, schwing mal ganz schnell deinen Arsch zurück über die Absperrung, yalla, yalla!"

Drei Männer standen dort jenseits des Gitters und wirkten sehr zornig.

Abraham schüttelte den Kopf.

„Ich muss hier in Anwesenheit meiner Elohim ein Opfer darbringen."

„Komm sofort da weg, sonst holen wir dich da runter und übergeben dich der Tempelpolizei!"

Mittlerweile war auch Isaak auf die Männer aufmerksam geworden.

„Das geht nicht",

rief er den Männern zu,

„erst muss mein Vater hier seinen Gottheiten opfern. Versteht das doch!"

„Siehst du hier irgendwo Gottheiten?",

fragte ihn einer der Männer und machte Anstalten über das Gitter zu klettern.

„Komm, Vater!"

Isaak half Abraham von dem Felsen herunter und zurück über die Absperrung.

Abraham war mit seinen Gedanken und Gefühlen weit, weit weg.

Er wirkte erleichtert, schien aber dem Ganzen noch nicht so recht zu trauen.

„Hier ist wirklich kein Elohim?",

fragte er konsterniert die drei Männer um ihn herum.

„Nein.",

antwortete einer von ihnen,

„Hier ist alles leer.

Hier ist nur ein großer leerer Raum.

Aber dieser Ort ist uns heilig, weil Mohamed von diesem Felsen aus mit seiner weißen Stute zu Allah in den Himmel aufgestiegen ist.

Du siehst, Allah ist im Himmel, nicht hier."

Einer der drei Männer schien Mitleid mit Abraham zu haben, er legte einen Arm um seine Schulter und führte ihn behutsam zu seinem Esel.

Dort wartete Isaak auf ihn, um ihm vorsichtig auf das Tier zu helfen und ihn zu den Zelten zurückzubringen.

Einer der Männer zeigte auf den Holzstapel oben auf der Kuppe des Felsen Moria:

„Und was ist damit?"

Isaak blickte zurück zu dem aufgeschichteten Brandopferaltar und meinte:

„Seine Elohim werden sich dort schon ein Opfer auswählen!"

Das Sakrament der Leere: Das leere Grab

Der junge Mann drängte sich durch die Menge der hereinströmenden Pilger und Touristen hinaus.

Fast schien es so, als hätte er es eilig aus den kalten und dunklen Gewölben der Grabeskirche wieder ans warme, helle Sonnenlicht dieses schönen Frühlingstages in Jerusalem zu kommen.

Als er den Vorplatz vor dem Portal erreichte, schloss er geblendet von der gleißenden Sonne die Augen.

Eine Gruppe griechisch-orthodoxer Pilger angeführt von ihren Popen, die in prachtvollen Roben gekleidet waren, schoben ihn dann auf die Seite des Platzes, die im Schatten lag.

Der junge Mann schien keiner der zahlreichen Reisegruppen anzugehören. Gelassen ließ er den Zug der betenden Pilger an sich vorbei ziehen und wartete ab, bis das dunkle Maul des Portals die Menschenschlange verschluckt hatte.

Wie der Rhythmus des Meeres bei Ebbe und Flut ergoss sich unmittelbar darauf eine andere Gruppe Menschen aus dem Portal heraus.

Irgendetwas hatte die Aufmerksamkeit des jungen Mannes auf sich gezogen.

Auf der anderen Seite erhaschte sein Blick zwischen all den Menschen eine Nonne, die in der prallen Sonne an der gegenüberliegenden Mauer langsam mit dem Rücken hinab rutschte.

Er kämpfte sich gegen die Flut von Menschen in beiden Richtungen quer über den Platz zu der Nonne durch und gelangte schließlich so vor sie, dass sein Körper einen langen Schatten über sie warf.

Mit dem linken Arm hielt sie einen Rucksack umklammert und durch die Finger der rechten Hand wanderten die Perlen eines Rosenkranzes.

Sie hatte die Augen geschlossen.

Und sie weinte.

Tränen liefen über ihre Wangen während ihre Lippen lautlos den Rosenkranz beteten.

Der junge Mann ging vor ihr in die Hocke.

„Kann ich Ihnen helfen, Schwester?"

Zuerst reagierte sie nicht. Doch als er sie vorsichtig am Arm berührte, zuckte sie zusammen, schlug die Augen auf und blinzelte ihn an.

„Nein!",

sagte sie nur, schloss die Augen wieder, bewegte weiter ihre Lippen im stummen Gebet und ließ weiter ihren Tränen freien Lauf.

Der junge Mann ließ nicht locker.

„Sie haben doch ein Problem?"

Wieder öffnete sie die Augen, um ihn im Gegenlicht zu fixieren.

„Nein!",

war ihre erneute einsilbige Antwort.

Doch auch diese Zurückweisung hatte keinen Erfolg.

„Ich dachte immer, Nonnen dürften nicht lügen."

Jetzt richtete sie sich auf und zog die Nase hoch.

Der junge Mann reichte ihr ein Papiertaschentuch, das er aus der Tasche seines Kapuzen-Shirts zog.

Die Nonne schnäuzte sich und wischte ihre Tränen schnell und verlegen ab.

„Danke!"

Dann musterte sie den jungen Mann.

Mit Turnschuhen, Jeans und Kapuzen-Shirt sah er wie einer der vielen jungen Männer aus, die hier in der Nähe der Grabeskirche in den Ständen und Verkaufsbuden vielerlei Devotionalien für die Pilger anpriesen und verkaufen wollten.

Auch seine gebräunte Gesichtsfarbe und seine dunkelbraunen, fast schwarzen Haare ließen in ihm einen Einheimischen vermuten. Sein vier Tage alter Bartwuchs gab ihm ein verwegenes, ja fast ungepflegtes Aussehen, je nachdem, ob man das modern fand oder nachlässig.

Er wiederum sah eine Ordensschwester in einem grauen Kleid mit weißen, gestärkten Kragen und weißem Schleier vor sich, die ziemlich blass und erschöpft vor ihm auf dem Steinboden saß.

Es sah so aus, als wenn sie sich allmählich wieder in die Gewalt bekam, denn sie reichte ihm jetzt die Hand und bat:

„Wenn Sie mir helfen wollen, dann ziehen Sie mich jetzt bitte hoch!"

Er nahm ihre Hand und brachte sich und sie mit einem Schwung auf die Beine.

„Ich danke Ihnen für Ihre Anteilnahme, aber Sie können mir nicht weiter helfen."

„Versuchen Sie es!"

Er ließ einfach nicht locker.

„Warum sind Sie so hartnäckig?"

Er deutete auf die vielen Besucher der Grabeskirche um sie herum.

„Ich sehe die vielen Menschen hier, ob sie nun Pilger sind, Touristen oder einfach nur Gläubige.

Und ich sehe viele Gefühlsregungen in ihren Gesichtern: Ehrfurcht, Erstaunen, Genugtuung, Ernst, Freude, Neugierde und andere mehr.

Aber ich habe noch niemand gesehen, der hier saß und weinte.

Das macht mich neugierig."

Als die Nonne keinerlei Anzeichen machte, ihm zu antworten, fuhr er fort.

„Waren Sie denn schon in der Grabeskirche am leeren Grab?"

Die Frage schien ihr unangenehm und sie antwortete nur mit einem leisen:

„Ja".

„Dann müssten Sie als Ordensschwester doch froh und zufrieden sein.

Das leere Grab bestätigt doch, was Sie glauben, dass Jesus lebt und von den Toten auferstanden ist, oder?"

Die Nonne schüttelte nur den Kopf und es traten wieder Tränen in ihre Augen.

Mit leiser Stimme flehte sie:

„Ich wäre Ihnen sehr verbunden, wenn Sie mich jetzt allein ließen!"

Sie schnäuzte sich erneut in ihr Taschentuch und wischte mit dem Handrücken ihre Tränen fort.

„Nichts einfacher als das, aber zuerst möchte ich wissen, was Sie so traurig macht.

Wenn ich dann feststelle, dass ich Ihnen wirklich nicht helfen kann, gehe ich, versprochen."

Er sah sie eindringlich an.

Vor so viel Anteilnahme kapitulierte die Nonne.

Sie nahm seinen Arm und zog ihn näher an die sonnenbeschienene Mauer. Fast sah es so aus, als ob sie dort einen soliden Halt suchte.

„Mein Herz ist seit einiger Zeit genauso leer wie das Grab.

Das ist mir hier mit einem Mal schlagartig bewusst geworden.

Das hat mich auch so maßlos traurig gemacht."

Sie schluckte und machte eine kleine Pause.

Dann sah sie ihr Gegenüber an, als wollte sie abchecken, ob er sich mit dieser Antwort zufrieden geben würde und endlich ging. Als er keinerlei Anstalten machte, wegzugehen, fuhr sie mit genauso leiser Stimme fort.

„Mein ganzes Leben, besonders seit ich Ordensschwester bin, habe ich anderen Menschen gewidmet.

Im Altenheim hab ich alte und kranke Menschen gepflegt und im Hospiz Sterbenden die Hand als letzten Trost gehalten.

Immer hab ich die nötige Kraft dazu aus meinen täglichen Gebeten geschöpft und mein Glaube an Jesus Christus hat mir den Rücken gestärkt."

Jetzt weinte sie wieder.

„Aber seit einer Zeit geht das nicht mehr.

Mein Herz ist leer.

Meine Aufgaben machen mir keine Freude mehr, sondern sind mehr und mehr nur noch eine seelische Belastung.

Ich weiß nicht mehr, was ich beten soll und meine Glaube an Jesus Christus bekommt immer größere Brüche."

Ihre Stimme erstickte im Weinen.

An ihrer Stelle fuhr der junge Mann fort.

„Und da haben Sie gedacht, dann mache ich eine Pilgerreise in die Heilige Stadt Jerusalem zum leeren Grab meines Erlösers und es kommt alles wieder ins Lot?"

Sie nickte.

„So sehr habe ich für diese Reise gekämpft, so wichtig war mir das.

Und so groß ist jetzt meine Enttäuschung, dass alles umsonst war.

Das leere Grab hat mir die Illusionen genommen, meine Hoffnung hier mein Herz wieder füllen zu können."

Sie weinte so laut auf, dass Umstehende und Vorübergehende auf sie aufmerksam wurden. So manch fragender Blick wanderte in ihre Richtung.

„Gut, dass Sie mir das erzählt haben!"

Der junge Mann reichte ihr ein weiteres Papiertaschentuch.

„Hier in der Sonne ist es viel zu warm.

Lassen Sie uns auf die andere Seite in den Schatten gehen!"

Ohne ihr Einverständnis abzuwarten, zog er die Schwester durch die Pilger- und Touristenschwärme quer über den Platz.

Als sie die Mauer auf der Schattenseite erreicht hatten, öffnete er den Reißverschluss seines Kapuzen-Shirts.

„Puh, hier ist es doch viel angenehmer, oder?"

Er drehte sich zu der Nonne um, die ihm bis hierher widerstandslos gefolgt war und immer noch mit dem Taschentuch über ihre Augen wischte.

Sie steckte das Tuch weg und sah auf.

Und sie sah die Leuchtschrift auf seinem schwarzen T-Shirt und begann hemmungslos zu lachen.

Vollkommen irrational war ihre tiefe Traurigkeit urplötzlich in Heiterkeit umgeschlagen, was den jungen Mann aber überhaupt nicht zu wundern schien.

Jetzt lachte sie so, dass ihr wiederum Tränen in die Augen traten. Sie wollte noch etwas sagen, aber stattdessen zeigte sie nur auf die leuchtenden Buchstaben.

Dort stand:

„Believe me, I'm Jesus, really".

"Glaub mir, ich bin Jesus, wirklich".

„unrein"

Ich öffnete die Tür und da stand sie. Sofort wollte ich sie mit Fragen überschütten: Wie ist es gewesen? Wie sieht er aus? Hat er mit dir gesprochen? Hat er dich geheilt?

Aber ich stand nur da und starrte sie an. Sie war dieselbe und doch nicht.

Eine Schönheit und Gelassenheit strahlte aus ihrem Gesicht und ihren Augen, die sie ganz, ganz früher einmal besessen hatte. Sie trug dasselbe Gewand wie gestern und ihr Kopftuch ließ die lockigen Haare an der Stirn dunkel und widerspenstig hervortreten. Ein bezaubernder unaufdringlicher fraulicher Duft ging von ihr aus und verlockte mich, sie zu umarmen.

Wir kannten uns seit unserer Kindheit. Als kleine Mädchen waren wir die besten Freundinnen und hatten täglich zusammen gespielt. Wenn die Jungen aus der Nachbarschaft mit uns die Geschichte von Abraham, Sarah und den drei Männern spielten, durfte Mirjam immer die Sarah sein, denn sie hatte von uns allen das bezauberndste Lächeln. Und Sarah hatte schließlich bei der Verkündigung, sie werde noch in ihrem hohen Alter ein Baby bekommen, heimlich im Zelt gelacht.

Irgendwann wurden wir dann von unseren Müttern in die Geheimnisse des „Frau Seins" eingeführt. Und mit dem Einsetzen unserer ersten Regel begann dann für Mirjam ein Leidensweg.

Ihr Vater war ein strenggläubiger Pharisäer; und so gut er zu der kleinen Mirjam gewesen war, so abweisend zeigte er sich seiner fraulichen Tochter gegenüber. Während der Tage ihrer Unreinheit schien sie für ihn nicht zu existieren und nach ihrer Reinigung sprach er nur mit ihr in einem Ton lehrmeisterlicher Strenge, um sie über ihren minderen Stand in der jüdischen Gesellschaft von vorneherein nicht im Unklaren zu lassen. Verschwunden waren für sie mit einem Schlag die so sorgenfreien Jahre der Kindheit.

Und sie war wie ich erst 12 Jahre alt.

Mein Vater war einfacher Handwerker und konnte selbst so manches Reinheitsgebot nicht immer einhalten. Ja, ihm passierte es sogar, dass er nach einer längeren Abwesenheit mich an sich drückte und mir einen Kuss auf die Stirn gab, obwohl ich meine Tage hatte und er sich dadurch verunreinigte.

Wenn ich ihn darauf hinwies, schmunzelte er und meinte, dass wir es ja niemandem erzählen müssten und er die vorgeschriebenen Waschungen vornehmen würde. Damit hätte es sich dann.

Für Mirjam war so etwas unvorstellbar.

Noch schlimmer wurde es für sie, als ihr Vater sie mit einem ebenso strengen und dabei auch noch jähzornigen jungen Mann verheiratete, der außerdem auch noch Sohn des Synagogenvorstehers war und des Lesens und Schreibens kundig.

Er ließ Mirjam erst recht ihre frauliche Minderwertigkeit, die er aus der Thora begründete, spüren. Während ihrer ersten Ehejahre kam Mirjam gerne zu mir und wir sprachen über alles, worüber Frauen sich eben gerne unterhalten, auch des Öfteren über ihre häuslichen Eheprobleme.

Mein Vater hatte mir einen Mann ausgesucht, der genau seiner Lebensphilosophie entsprach. Und das war gut so.

Wir verstanden uns bald ausgezeichnet und irgendwann entwickelte sich sogar tiefe Zuneigung in uns. Er war zärtlich und zuvorkommend. Trotzdem achtete er natürlich darauf, dass wir im Dorf als gute thoratreue Juden galten.

Bald war ich schwanger und mein Mann nahm unsere erstgeborene Tochter in seine Hände, hob sie gegen den Himmel und gab ihr den Namen meiner besten Freundin. Seit dem liebte ich ihn noch mehr.

Mirjam wurde im Jahr darauf schwanger.

Und mit der Geburt ihrer erstgeborenen Tochter begann ihr namenloses Leid.

Dass ihr Mann jähzornig war, habe ich schon erwähnt. Beim Wasserholen am Brunnen oder beim Wäschewaschen am Bachlauf waren mir schon mehrmals ihre Male aufgefallen, wo sie geschlagen worden war. Selbst während ihrer Schwangerschaft hatte sie einmal eine geschwollene Wange und ein Auge, das alle Farben des Regenbogens spiegelte.

Dabei war sie so schön und von so heiterem und ausgeglichenem Gemüt, wenn sie ohne Druck und Belastung frei und glücklich hätte sein dürfen.

Als ihre Tochter geboren wurde, wandte ihr Mann sich wortlos von dem Neugeborenen ab.

Für ihn zählte nur ein Sohn.

Er nahm das Mädchen nicht auf den Arm, nahm es nicht an, gab ihm keinen Namen. Nach unseren Sitten damals das Todesurteil für dieses kleine Wesen. Mirjam schrie und flehte ihn an, ihre

Tochter doch zu akzeptieren. Doch er soll damals nur gelächelt haben und sich dann abgewandt.

Noch in derselben Nacht, als die Mutter schlief, nahm er das Kind und setzte es irgendwo in der Wildnis aus, die hinter dem Dorf begann.

Ich glaube, das brach Mirjam das Herz.

Sie wirkte nur noch apathisch, weinte viel, und ihre Blutungen, die nach der Geburt aufgehört hatten, setzten urplötzlich wieder ein und hörten ab da nicht mehr auf.

Mirjam wurde immer dünner und blasser. Ihre Schönheit schwand dahin und ihre fortwährende Unreinheit sprach sich im Dorf wie ein Lauffeuer herum.

Ich bin überzeugt, ich war die Einzige, die ab und zu noch Kontakt mit ihr pflegte. Dazu musste ich sie jedes Mal heftig überreden. Sie wurde zunehmend ängstlicher und kontaktscheu.

Ihr Mann schickte sie zu ein paar so genannten Heilern und bezahlte diese von der Mitgift, die eigentlich seiner Frau zustand. Als alles nichts half, gab er ihr den Scheidungsbrief und warf sie über Nacht aus dem Haus.

Gut, dass ihre Eltern das alles nicht mehr miterleben mussten.

Es war ein erbarmungswürdiges Wesen, das ich am nächsten Morgen am Brunnen vorfand.

Ich nahm sie mit nach Hause und hörte sie zwei Tage lang weinen.

Dann verschwand sie spurlos und so sehr ich mich auch bemühte sie zu finden, meine Suche blieb erfolglos.

Jahre vergingen, ehe mein Mann vor einigen Tagen eine Frau mit nach Hause brachte. Sie saß auf seinem Esel und sah aus wie eine der zahllosen alten, mittellosen Witwen, die sich nur von der Nachlese auf den Feldern und vom Betteln ernähren konnten. Wenn sie starben, wurden sie schnell irgendwo verscharrt. Keiner interessierte sich für sie, sie waren für niemanden von Nutzen und für keinen ein Verlust.

Als ich der Frau von dem Tier herunterhalf, sah ich, dass es Mirjam war.

Mein Mann meinte nur, er habe sie in Sephoris in einer verfallenen Ruine am Rande der Stadt gefunden und ich solle mich doch um sie kümmern.

Als ob ich dieser Aufforderung bedurft hätte.

Ich führte sie ins Haus und gab ihr erst einmal etwas zu essen. Gebratenen Fisch, Brot in Olivenöl getunkt und Wein mit Wasser gemischt.

Dann wusch ich sie von Kopf bis Fuß, ihre schönen langen schwarzen Haare, in der sich mit Mitte zwanzig schon erste helle Strähnen abzuzeichnen begannen, ihren ausgemergelten Körper. Auch ihre Kleider wusch und trocknete ich.

Mirjam schwieg während der ganzen Zeit oder gab auf meine vielen Fragen nur kurze einsilbige Antworten. In der Nacht hörte ich sie weinen und ich ging zu ihr und nahm sie in meine Arme.

Irgendwann begann sie dann unter Schluchzen zu erzählen.

Sie beschrieb mir ihr unwürdiges Dasein, ihr Tot-Sein, ihren Kampf trotzdem zu überleben. Sie erzählte, wie sie ihre ganze Habe an Heiler und Priester ausgegeben hatte, um wieder in der menschlichen Gesellschaft einen, wenn auch nur winzigen Platz, zu finden.

Wie vieler Herablassung, wie vielem Ekel, wie vielem männlichem Chauvinismus war sie begegnet. Erst als die Sonne über der Wildnis hinter unserem Haus das Land in ein braunes Dämmerlicht aufflackern ließ, schlief Mirjam völlig erschöpft in meinen Armen ein.

Meine Verköstigung und meine Pflege zeigten schon bald eine erste Wirkung und ließen sie wieder zu Kräften kommen.

Aber ihre Seele konnte ich nicht heilen, so sehr ich mich auch bemühte. Sie war wie ein verwundetes Tier, das zwar äußerlich gesundete, aber innerlich langsam zugrunde ging und sich immer mehr aufgab.

Gestern erzählte mein Mann mir, dass dieser Jesus von Nazareth im Nachbardorf sei. Er habe dort eine ganz neue Botschaft vom Anbruch der Gottesherrschaft verkündet. Und besonders der Armen, Kranken und Randexistenzen habe er sich angenommen, sogar mit Zöllnern und Dirnen Mahl gehalten.

Warum er mir das erzählte, war mir sofort klar. Dieser Jesus konnte auch für Mirjam eine Chance sein.

Zu meiner Verwunderung hatte Mirjam keinerlei Bedenken geäußert, als ich ihr den Vorschlag machte, sich doch diesem Jesus einmal anzuvertrauen. Keine Einwände kamen von ihr. Da war kein Zögern. Heute Morgen war sie losgezogen, um ihn zu sehen und ihn vielleicht um Hilfe zu bitten.

Voller Ungeduld hatte ich gewartet.

Ich merkte mit einem Mal, wie sehr mich Mirjams Schicksal gefangen nahm, wie sehr ich Anteil an sie hatte, wie sehr ich sie mochte, wie sehr ich voller Mitleid an ihr verpfuschtes Leben dachte. Immer wieder hatte ich die Dorfstraße hinabgesehen, ob sie wohl bald kommen würde. Mehrmals war ich zum Brunnen Wasser holen gegangen, obwohl wir Wasser genug im Haus hatten und so viel gar nicht brauchten. Aber meine Nervosität und auch meine Neugierde ließen mich einfach nicht ruhen.

Und jetzt stand sie da.

Und sie schien zu strahlen.

Ich wollte sie endlich ins Haus ziehen und mir alles von ihr erzählen lassen, aber sie wehrte mich sanft ab.

„Er war mitten in der Menge.

Mittendrin.

Ich konnte nur den Saum seines Gewandes berühren.

Aber er hat mich bemerkt."

Dies alles sagte sie mit leiser Stimme und doch voller Begeisterung.

Und sie fuhr fort:

„Er hat sich vor meiner Unreinheit nicht geekelt und mir nicht geflucht."

Tränen traten ihr in die Augen und auch meine wurden feucht, während ich ihre Hände ergriff.

„Vorsicht, ich bin immer noch nicht ganz rein."

Jetzt stahl sich ein Lächeln in ihr Gesicht.

„Er hat gesagt: Das Gesetz muss für die Menschen da sein und nicht die Menschen für das Gesetz."

Plötzlich umarmte sie mich und drückte mich fest an sich. Dann sah sie mich wieder an und in ihrem Lächeln erkannte ich das Lächeln der Sarah, die sie immer als Kind gespielt hatte.

„In seinem Gottesreich ist auch Platz für Unreinheit. Und so werde ich mit ihm ziehen, um dieses Gottesreich für mich und die vielen anderen zu finden und zu leben."

Sie drückte mich noch einmal an sich und küsste mich auf beide Wangen.

Dann bedankte sie sich für all das, was ich für sie getan hatte und verabschiedete sich mit dem Versprechen immer wieder von sich hören zu lassen und mich niemals zu vergessen.

Als ich sie jetzt die Dorfstraße hinuntergehen sah, hatte sie wieder den Gang und den Schwung einer selbstbewussten Frau.

Lacht Gott?

Wir mussten schallend lachen, als Thaddäus seine Geschichte beendet hatte.

Mir tränten sogar die Augen.

Anna hatte sich mehrmals auf die Schenkel geschlagen und wild losgeprustet. Ihr ganzes Gewand war verrutscht und sie strich es eilends wieder glatt, dass es hinunter bis zu den Knöcheln glitt.

Am anderen Feuer war man auf uns aufmerksam geworden und ich sah Simon zu uns hinüberschlendern.

„Welche der vielen Anekdoten hat Thaddäus denn zum Besten gegeben?"

Plötzlich stand Jesus hinter den Frauen im Feuerschein.

Thaddäus neben mir wurde puterrot und hielt sich erschrocken die Hand vor den Mund, aber eher wohl deshalb, weil er wieder loslachen musste.

„Die mit dem Hund von Chorazim!",

sprang ich ihm zur Hilfe.

Jesus grinste zu uns herüber und drohte Thaddäus mit dem Finger.

„Ich glaube fast, dass du den Hund abgerichtet hattest."

Alle lachten jetzt über Thaddäus, der sich aber entschieden gegen eine von ihm vorgenommene Manipulation sträubte. Susanna war neben Jesus getreten und schaute uns ziemlich verwirrt an.

„Was ist denn bei euch für eine maßlose Heiterkeit ausgebrochen?",

fragte sie in die Runde.

Ich stieß Thaddäus an und bat ihn:

„Komm, erzähl noch mal!

Susanna kennt die Story noch nicht."

Wieder wurde Thaddäus mit einem Blick auf Jesus rot und schüttelte energisch den Kopf.

„Würde mich denn bitte einer mitlachen lassen?",

fragte Susanna in die schweigende Runde.

Jesus erbarmte sich ihrer und begann zu erzählen.

„Wir waren durch die Gassen Chorazims gegangen und etwa ein Dutzend Menschen begleitete uns.

Außerdem lief so ein kleiner Straßenköter immer hinter mir her.

Auf dem Marktplatz bat mich Thaddäus, dieser Schelm, doch zu den Menschen zu sprechen, denn es würden immer mehr.

Also wandte ich mich ihnen zu und alle blieben in einem Halbkreis vor mir stehen. Und dieser Hund setzte sich genau vor mich hin auf sein Hinterteil und hechelte mich an.

Bei den ersten Worten, die ich sprach, hob er die Schnauze in den Himmel und begann jämmerlich zu heulen.

Kein Wort konnte man mehr verstehen.

Also schwieg ich.

Sofort schwieg auch der Hund.

Wir betrachteten uns gegenseitig und jedes Mal, wenn ich zu sprechen begann, begann er zu heulen.

Alle fanden das lustig und amüsierten sich darüber, nur Thaddäus nicht.

Beim nächsten Versuch trat er vor und dem armen Tier mächtig in den Allerwertesten. Der Hund jaulte, sprang auf und verschwand.

Ich tadelte Thaddäus für sein grobes Vorgehen und wollte dann in jetzt ungestörter Ruhe den Menschen, und es waren in der Zwischenzeit erheblich mehr geworden, etwas vom Reich Gottes erzählen.

Ich glaube, es war noch während des ersten Satzes, dass der Hund wieder auftauchte.

Diesmal setzte er sich nicht vor mich hin und heulte, sondern trat dicht an mich heran, hob das Bein und pinkelte auf meine Füße."

Wieder brachen wir alle in Lachen aus, als Jesus uns diese Szene so plastisch noch einmal schilderte.

„*Ob eigentlich Gott im Himmel auch lacht?*",

fragte da hinter mir die tiefe Stimme des Philippus.

Alle Blicke richteten sich auf Jesus. Aber der sah nur fragend in die Runde:

„*Was meint ihr?*"

„*Kann ich mir nicht vorstellen",*

meinte Simon.

Alle schwiegen, denn wir kannten unseren Simon, der gerne noch die eine oder andere Minute länger nachdachte.

Prompt kam dann auch die Fortsetzung in die erwartungsvolle Stille hinein.

„*In der Thora steht davon nichts, soviel ich weiß.*

Und unsere Priester, Lehrer und Schriftgelehrten sehen immer so ernst und würdevoll aus.

Wenn Gott lachen würde, müssten die das doch wissen!"

„Ja, meinst du denn, Gott offenbart sich denen in Anekdoten?",

fragte Susanna.

„Da würde für die doch ein Weltbild zusammenbrechen und ihre Autorität geriete ins Wanken",

fuhr sie fort.

„Ich könnte mir vorstellen, dass Gott sich auch amüsiert und lacht",

warf ich vorsichtig ein. Aber ich konnte es nicht begründen und schwieg deshalb wieder.

Anna stand auf und strich ihr Gewand wieder glatt. Dann trat sie einen Schritt auf das Feuer zu und drehte sich hin und her.

„Na, was fällt euch an mir auf?",

fragte sie dabei.

„Lenk nicht ab, Weib!",

brummte Simon sie an.

„Falsch, Simon!",

giftete sie zurück.

„Seht, in der Thora steht geschrieben, dass wir Menschen Gottes Ebenbild sind oder nicht?"

Alles sah sie erwartungsvoll an. Nur Jesus schmunzelte; er schien zu wissen, worauf sie hinaus wollte.

Als kein Einwurf kam, drehte sie sich zu Jesus hin und sprach ihn direkt an:

„Wenn wir also, Mann und Frau, das Ebenbild Gottes sind, und wenn wir lachen und uns amüsieren können, dann müsste Gott das doch auch können. Oder sollten wir mehr können als er?"

Jesus applaudierte ihr und nickte anerkennend: „Eine schlagfertige und logische Argumentation. Bravo, Anna!"

Jetzt klatschten auch wir alle begeistert. Anna sonnte sich in ihrem Ruhm und drehte noch ein paar Pirouetten extra.

„Weiber!",

brummte Simon nur und stapfte wieder zu dem anderen Feuer hinüber. Ich schaute ihm nach und beugte mich dann mit einem lauten „Pscht" vor.

Als ich die Aufmerksamkeit aller hatte, zeigte ich in Richtung Simon.

„Gott hat wahrscheinlich über seine Schwiegermutter einen Lachkrampf bekommen."

Ich hatte die Lacher, die diese Geschichte kannten, auf meiner Seite. Nur Jesus schüttelte den Kopf und antwortete mir direkt:

„Sicher war das eine komische Situation. Aber nicht jedem einfachen Geist ist es gegeben, meine Intensionen vom Reich Gottes sofort zu kapieren."

„Die Geschichte kenne ich noch nicht",

warf Susanna ein.

„Kein Wunder, Mädchen, du bist ja auch eine Spätberufene!"

Mit dieser Äußerung löste Thaddäus wiederum einen Heiterkeitsausbruch aus, da ja alle wussten, dass Susanna sich erst kürzlich uns angeschlossen hatte.

Dann wurde ich gedrängt, die Geschichte von Simons Schwiegermutter doch zu erzählen.

„Aber nur in Kurzfassung!",

drohte mir Philippus.

Ich begann sofort:

„*Also ganz zu Anfang waren wir einmal bei Simon und Andreas zu Hause eingeladen.*

Simon ließ seine Schwiegermutter so richtig hart arbeiten. Nun ja, sie hatte keine Söhne und somit keinen besonderen Schutz.

Simon war der Ansicht, wenn er sie schon durchfüttere, sollte sie auch etwas dafür tun.

Als wir nun alle Mann zu ihm nach Hause einfielen, war die alte Frau richtig fertig und bei so vielen Gästen einem Zusammenbruch nahe. Kaum waren wir da, legte Simon auch schon richtig los, um zu zeigen, dass er alles im Griff hatte.

Schwiegermutter mach mal hier,
Schwiegermutter mach mal da.

Simon wollte schließlich ein guter Gastgeber sein und von allem uns nur das Beste auftischen lassen.

Als wir dann Mahl hielten, war seine Schwiegermutter plötzlich verschwunden und lag ziemlich fertig in ihrer Kammer.

Jesus hatte das mitbekommen und er stand auf, ging zu ihr und nahm sie bei der Hand. Sie zog sich an ihm hoch und wartete wohl auf die nächsten Anweisungen, was zu tun sei.

Doch Jesus führte sie mitten in unser Männermahl, bat sie neben ihm Platz zu nehmen und reichte ihr einen Becher Wein.

Das Gesicht von ihr werde ich wohl mein Leben lang nicht vergessen."

Alle, die dabei gewesen waren, schmunzelten und nickten.

„Aber das ist noch nicht der Schluss",

meinte Bartholomäus.

„Richtig,",

fuhr ich fort,

„sie nahm nämlich den Becher Wein, dachte wohl, damit wäre etwas nicht in Ordnung und ging ihn ausschütten. Dann füllte sie ihn neu und gab ihn Jesus zurück."

„Jesus, wie du schon sagtest, die Frau war einfach etwas begriffsstutzig",

meinte neben mir Thaddäus.

„Mir tut die Frau nur Leid!",

sagte Susanna und darauf schwiegen wir alle etwas betreten.

Ich wollte meine Anekdote retten und warf deshalb ein:

„Aber über so eine Geschichte glaube ich, dass Gott sich amüsiert hätte, oder?"

Ehe ich ein zustimmendes oder ablehnendes Zeichen in den vom Feuer beschienenen Gesichtern erkennen konnte, wurde ich grob von hinten gepackt und hochgerissen.

„Was hast du wieder Schlechtes über meine Verwandtschaft erzählt, he?"

Andreas der Bruder Simons hatte mich gepackt und ich wand mich in seinen starken Fischerarmen mit den riesigen Muskelpaketen.

Doch als ich mich umwandte und sein Gesicht sehen konnte, atmete ich erleichtert auf, denn sein Grinsen ließ mich erkennen, dass er mich nur hatte erschrecken wollen.

Von der anderen Seite ertönte die Stimme von Jesus:

„Lass ihn Andreas, er hat es nicht böse gemeint. Und Judas hat es schon schwer genug."

Wie einen nassen Sack ließ Andreas mich fallen und alle lachten jetzt mich aus, als ich unsanft auf dem Boden landete.

Ein schüchterner Samariter

Ich stand völlig hilflos im Schatten unter den Terebinthen und starrte auf die Frau.

Sie stand allein mitten auf dem staubigen Weg im gleißenden Sonnenlicht. Sie zitterte und ihre Augen starrten blicklos in meine Richtung.

Langsam legte sich der Staub.

Langsam kehrte die Stille der judäischen Hügel zurück.

Die vielen Menschen, die eben noch das kleine Tal angefüllt hatten, waren hinter einer Wegbiegung verschwunden. Sie hatten meine Schafe zerstreut und das Blöken der Lämmer, die nach ihren Muttertieren suchten, drang jetzt machtvoll in mein Bewusstsein. Eigentlich hätte ich aufbrechen und meine Schafe wieder im Schatten der Bäume sammeln müssen.

Aber ich konnte diese Frau doch nicht allein in ihrem Schicksal hier lassen.

Mit Schafen kannte ich mich aus. Tag für Tag zog ich mit ihnen durch die karge Hügellandschaft.

Mit Menschen hatte ich dagegen selten zu tun. Erst recht nicht mit Frauen. Deswegen fühlte ich mich so hilflos.

Und doch musste ich der Frau doch irgendwie helfen.

Herzschläge vorher war sie noch Auge in Auge mit ihrem Tod konfrontiert gewesen und war wie durch ein Wunder dem Leben zurückgegeben worden.

Jetzt schien irgendein Dämon in sie gefahren zu sein und von ihr Besitz genommen zu haben.

Und das machte mir zusätzliche Angst.

Schließlich überwand ich mich und trat langsam auf sie zu.

Zum einen wollte ich sie nicht erschrecken, zum anderen fürchtete ich ihren starren Gesichtsausdruck und ihre eventuelle Reaktion auf meine Person.

Ihr Haar war von Schweiß und Staub verklebt. In ihren Augen war keine Reaktion als ich näher auf sie zu trat, sie starrten nur in eine weite Leere. Und ihre Arme und Hände zitterten, wie Blätter durch die der heiße Wüstenwind seine Spiele treibt. Auch ihr einziges Kleidungsstück, ein ärmelloses Untergewand, war staubig und verschwitzt.

Als ich vor sie trat, blieb mein Blick auf den Ansatz ihrer Brust haften und mir wurde klar, dass diese Frau in ihrem normalen Leben wohl eine Schönheit war.

Aber was verstand ich schon von Frauen.

Ich sprach sie vorsichtig und leise an, doch sie reagierte nicht.

Das Wichtigste war wohl, sie aus der sengenden Mittagssonne in den Schatten der Bäume zu führen.

Behutsam legte ich den Arm um sie und zwang sie mit mir Schritt für Schritt in Richtung des kühleren Blätterdaches zu gehen. Willenlos ließ sie sich von mir in den Schatten führen und dort schaffte ich es sogar, dass sie sich setzte und an einen Baumstamm lehnte.

Jetzt zitterten auch ihre Beine und ich überlegte krampfhaft, was ich noch für sie tun könnte.

Bestimmt hatte sie Durst, bestimmt sehnte sie sich nach einer Erfrischung und Abkühlung.

Ich nahm meine Schale und eilte zu dem kleinen Bach, wusch sie aus und brachte das frisch geschöpfte Wasser zu ihr.

Aber sie reagierte immer noch nicht.

Auch als ich ihr die Schale an die halb offenen Lippen führte, trank sie nicht; und das Wasser lief rechts und links aus ihren Mundwinkeln das Kinn hinunter, hinterließ helle Bahnen in ihrem staubigen Gesicht, um dann herunterzutropfen und zwischen ihren Brüsten zu versickern.

Ich ergriff ein Lammfell, benetzte es mit Wasser und wusch ihr vorsichtig Staub, Schweiß und Tränenspuren aus dem Gesicht.

Sie schloss plötzlich die Augen und stieß einen tiefen Seufzer aus.

Immer wieder befeuchtete ich das Fell und wusch auch ihre Arme, Hände und Beine behutsam ab.

An Oberarmen und Handgelenke entdeckte ich Hautabschürfungen und wunde Stellen, wo man sie brutal angefasst und mitgezerrt hatte.

Aus meinem Tragkorb holte ich eine Wundsalbe, die ich für meine Tiere verwendete, wenn sie verletzt waren. Diese Salbe konnte bestimmt nicht schädlich für die Frau sein, im Gegenteil.

Sie war auch das Einzige, was ich hatte und für sie tun konnte. Sorgsam verteilte ich die Salbe auf die betroffenen Stellen und beobachtete dabei ihr Gesicht, ob es irgendeine Reaktion zeigen würde.

Ihre Augen blieben jedoch fest geschlossen und ihre Atemzüge gingen jetzt ruhig und gleichmäßig. Sie schien vor Erschöpfung eingeschlafen zu sein. Aber vielleicht war es auch Erleichterung, die sie in den Schlaf geschickt hatte.

Bestimmt von allem etwas.

Als ich mich ihr gegenüber setzte, griff meine Hand völlig unbewusst zu dem Stück Holz und zu meinem Messer und ich begann an meiner neuen Flöte dort weiter zu schnitzen, wo ich vorhin aufgehört hatte, als alle die Fremden aufgetaucht waren.

Fast jeden Tag kam ich hierher, wenn die Sonne ihren höchsten Stand erreicht hatte.

Weit und breit war dies die einzige Stelle, wo es Schatten und Wasser gab. Während der größten Mittagshitze ruhten meine Schafe unten an dem Bachlauf und ich vertrieb mir die Zeit, in dem ich auf meiner Flöte alte Melodien spielte oder neue Tonfolgen erfand.

Oder ich saß hier und schnitzte neue und bessere Flöten, aus deren Verkauf ich mir manchmal ein paar Schekel verdienen konnte.

So hatte ich auch heute mit einer neuen Flöte angefangen.

Bis dann diese Gruppe von Männern und Frauen aufgetaucht war. Sie hatten sich alle zu mir in den Schatten gesetzt, nachdem sie sich unten am Bach erfrischt hatten. Die meisten hatten mir freundlich zugenickt und sich dann eine bequeme Position gesucht, um die Mittagshitze zu verschlafen.

Nur einer war direkt zu mir gekommen und hatte sich vor mich hingehockt.

Wie ich heiße, fragte er mich.

Und ich hatte geantwortet, dass ich Jeschua sei.

Jeschua, der die Schafe hütet.

Da hatte er gelächelt und gemeint, er hieße ebenfalls Jeschua. Aber er sei Jeschua aus Nazareth.

Meine alte Flöte hatte er in die Hand genommen und sie eingehend betrachtet.

Es war keine Frage von ihm, ob ich gut darauf spielen könnte, sondern eher eine Feststellung. Ich hatte nur die Achseln gezuckt.

Er reichte mir meine Flöte und bat mich, für ihn und seine Begleiter etwas zu spielen.

Normalerweise machten mir viele Menschen Angst und in Ortschaften fühlte ich mich äußerst unwohl. Wenn ich dann auch noch vor vielen Leuten spielen sollte, wurde ich aufgeregt und hatte immer das Gefühl mich zu verhaspeln.

Diesmal jedoch war es anders.

Seine Bitte erfüllte mich mit dem eigenen Wunsch, meine schönsten Weisen getragen vorzuspielen. Und so begann ich.

Jeschua aus Nazareth ging zurück auf den Weg und setzte sich dort auf einen großen Felsbrocken. Während ich spielte, nahm er einen Stock in die Hand und zeichnete Figuren in den Staub.

Ganz plötzlich wurde mein Flötenspiel von lauten aufgeregten Männerstimmen und dem jämmerlichen Weinen und Klagen einer Frau unterbrochen.

Wir alle sprangen auf und starrten auf die Gruppe von Männern, die um die Wegbiegung kam und in ihrer Mitte eine Frau gewaltsam mit sich zerrten.

Nur Jeschua aus Nazareth war sitzen geblieben und zeichnete weiter Muster in den Staub.

Kurz bevor die Gruppe ihn erreichte, sah er auf und schaute die Männer an.

Einer aus der Gruppe trat auf ihn zu. Es schien ein hochgestellter Mann zu sein, denn er war vornehm gekleidet und strahlte eine unnahbare Autorität aus.

Meister, sagte er zu Jeschua aus Nazareth.

Dann legte er dar, dass man diese Frau beim Ehebruch ertappt hätte und dass es dafür zwei Zeugen gäbe. Er ließ die Frau vor Jeschua zerren und ich konnte ihre panische Todesangst und ihren erbarmungswürdigen Zustand sehen.

Der Mann fuhr fort, dass nach dem Gesetz des Mose vorgeschrieben sei, solche Frauen zu steinigen. Und er fragte Jeschua aus Nazareth, was er nun dazu sage.

Dieser wandte sich aber wieder seinem Stock und seiner Malerei zu und hatte die Frau nicht einmal angesehen.

Doch der Mann ließ nicht locker und fragte hartnäckig, ob eine Steinigung nicht die passende Strafe für diese Sünderin sei.

Plötzlich sprang Jeschua auf und ich erschrak, als ich den Zorn und die Wut in seinem Gesicht und in seiner Stimme vernahm.

Er schleuderte ihnen entgegen, wer selbst ohne die kleinste Sünde sei, der solle als Erster einen Stein nehmen und auf sie werfen.

Ich hielt den Atem an, denn fast alle der Männer hatten Steine in ihren Händen.

Aber nichts geschah.

Jeschua aus Nazareth setzte sich wieder auf den Stein und zeichnete weiter Figuren in den Staub.

Zuerst fiel mir die Stille auf, dann bemerkte ich wie die Männer die Frau losließen und einer nach dem anderen schweigend in die Richtung verschwanden, aus der sie gekommen waren. Zuletzt war der Mann, der mit Jeschua gesprochen hatte, allein.

Ich sah es ihm an, er fühlte sich ausgesprochen unwohl, wollte noch etwas sagen, wurde aber durch einen eindringlichen Blick von Jeschua daran gehindert.

Schließlich warf er nur einen hasserfüllten Blick auf die Frau und verschwand wortlos hinter den anderen her um die Wegbiegung.

Das Weinen der Frau hatte längst aufgehört. Sie stand mitten auf dem Weg und wurde von kurzen Schluchzern geschüttelt.

Jeschua aus Nazareth stand auf und sah sich erstaunt um. Dann wandte er sich an die Frau und fragte sie, wo denn ihre Ankläger geblieben seien, und ob keiner sie verurteilt habe.

Sie schüttelte nur den gesenkten Kopf.

Jeschua legte seine Hand auf ihre Schulter und meinte zu ihr, er werde sie auch nicht verurteilen. Sie solle aber zukünftig nicht mehr sündigen und jetzt in Frieden ihren Weg gehen.

Dann winkte er mir einen Abschiedsgruß zu und bedankte sich für mein Flötenspiel. Gefolgt von seinen Begleitern, die das Ganze heftig diskutierten, verschwanden alle in der entgegengesetzten Richtung.

Ich blickte zu der Frau hinüber, die noch immer ganz ruhig dalag und schlief.

Im Moment konnte ich nichts mehr für sie tun und so beschloss ich, nach meinen versprengten Schafen zu sehen.

Es dauerte einige Zeit, bis ich alle wieder unten am Bach gesammelt hatte. Ein Jährling hatte sich das Bein verletzt und ich trug ihn in den Schatten der Bäume, um ihm die heilende Salbe auf die Wunde zu streichen.

Ich war so mit dem Jungschaf beschäftigt, dass ich erst, als ich fertig war, merkte, dass die Frau aufgewacht war.

Sie sah mit jetzt klarem Blick zu mir hinüber.

Als das Schaf aus meinem Schoß sprang und laut blökend in Richtung Herde rannte, stahl sich ein Lächeln in ihr Gesicht. Und meine Vermutung, sie sei unter normalen Umständen eine sehr schöne Frau, wurde von diesem Lächeln voll und ganz bestätigt.

Ich fragte sie, ob sie sich besser fühle und ob sie etwas zu trinken oder zu essen wünsche.

Dabei wurde mir wieder meine Hilflosigkeit im Umgang mit fremden Menschen schmerzlich bewusst.

Nachdem ich ihr frisches Wasser geholt hatte, bat sie mich mit überraschend sanfter Stimme, ihr doch auf meiner Flöte vorzuspielen.

Später würde sie mir dann ihre Geschichte erzählen, denn sie brauche unbedingt jemand, der die ganze Wahrheit erfahre und ihr zuhören könnte.

Ich kam ihrer Bitte nach und als die letzten Töne eines leisen Liebesliedes verklangen, begann sie zu erzählen.

Ihr Name sei Susanna, erzählte sie, und sie hätte es immer sehr genossen, nach der Hitze des Tages allein in ihren Garten zu gehen und dort nackt zu baden.

Vor einiger Zeit sei ihr schon aufgefallen, dass ihr Nachbar David sich ihr versuchte zu nähern und sie sogar ein paarmal bedrängte und um eine Liebesnacht bat. Sie fand das ärgerlich und hatte ihm zu verstehen gegeben, sie wäre ihrem Mann eine treue Ehefrau.

Ihr Mann war Levit in Jerusalem und als er zyklusmäßig wieder zu seinem Dienst im Tempel dort weilte, habe sie beim abendlichen Bade bemerkt, dass ihr Nachbar sie von seinem Dach aus beobachtete.

Natürlich hätte sie daraufhin ihr Badevergnügen im Garten sofort einstellen müssen, aber es hatte ihr ein frivoles Vergnügen bereitet, weiterhin ihrem gewohnten Bade nachzugehen, auch in der Gewissheit, jedes Mal beobachtet zu werden.

Natürlich war das ihre eigentliche Sünde und ihr war jetzt bewusst, die Situation falsch eingeschätzt zu haben. Auch an mögliche weitreichende Folgen hätte sie keinen Gedanken verschwendet.

Ihr Nachbar habe ihr immer öfter anzüglich Angebote gemacht. Doch als sie eines Nachmittags einen zweiten Mann auf dem Nachbardach sah, hatte sie geahnt, dass etwas Schlimmes passieren könnte.

Als ihr Mann aus Jerusalem zurückkehrte, hatten ihr Nachbar David und dessen Mitwisser sie öffentlich des Ehebruchs verklagt. Beide sagten aus, sie hätten bei ihr einen jungen Mann gesehen, der nach dem Bade mit ihr geschlechtlich verkehrt hätte.

Das Urteil war nicht weiter verwunderlich und dass sie noch lebte, verdanke sie nur diesem Jeschua aus Nazareth.

Sie stand auf und kam zu mir herüber.

Auch mir sei sie zu herzlichem Dank verpflichtet, meinte sie, als sie sich neben mir niederließ.

Verstört wurde ich der Fraulichkeit so nah bei mir bewusst.

Ganz sanft strich ihre Hand über meine Wange und ich verlor mich in ihren Augen. Ich fand sie ungemein begehrenswert und schloss meine Augen, um sie nicht endlos anstarren zu müssen.

Sie fragte ganz nahe an meinem Ohr, wer ich sei und wo ich herkäme.

Mit belegter Stimme erklärte ich ihr, dass auch mein Name Jeschua sei.

Mit großem Herzklopfen und Angst, wie sie reagieren würde, eröffnete ich ihr, dass ich aus Samaria stamme und als Kind ausgesetzt worden war.

Nomaden hätten mich gefunden und großgezogen. Zum Dank für ihre Fürsorge würde ich jetzt ihre Schafe weiden und bei ihren Feierlichkeiten auf der Flöte spielen.

Da bat sie mich, noch einmal für sie zu spielen.

Und während ich ein Liebeslied für Braut und Bräutigam begann, küsste sie mich auf die Stirn und nannte mich ihren schüchternen Samariter.

Dann stand sie auf, winkte mir noch einmal zu und trat in das grelle Sonnenlicht auf den staubigen Weg hinaus.

Mit den letzten Tönen meiner Melodie verschwand sie in den Hügeln.

„besessen"

Ich fand diesen Jesus total cool, damals in Karphanaum, als ich ihn zum ersten Mal traf.

Er war am See vorbei geschlendert und hatte mit den Fischern gesprochen, die an ihren Booten und Netzen arbeiteten. Zu meinem größten Erstaunen waren Simon und Andreas, bei denen ich mir als Tagelöhner meinen Lebensunterhalt verdiente, sofort mit ihm in Richtung Synagoge aufgebrochen.

Alles hatten sie stehen und liegen und mir überlassen. Sie waren so mitgegangen, wie sie gerade waren, in ihren schmutzigen Kleidern.

Schnell hatte ich meine restlichen Arbeiten erledigt, da ich die Strenge der beiden Brüder kannte, und war in meine armselige Hütte am Rande des Ortes geeilt. Gewaschen hatte ich mich und mein verschmutztes Lumpenhemd gegen ein sauberes eingetauscht.

Dann eilte ich ebenfalls in die Synagoge.

Die Lesung der Thora hatte ich wohl verpasst, als ich mich langsam durch die dichtgedrängten Männerleiber nach vorne durchmogelte von Stößen, Knüffen und manchem leisen Fluch begleitet.

Jesus stand vor der aufgerollten Thorarolle und schien seine Gedanken zu sammeln, bevor er den Anwesenden seine Auslegung der Schrift vortragen wollte.

Da geschah es.

Josua, der Irre, ein stadtbekannter Mann, der von Dämonen besessen war, wie es hieß, sprang von irgendwoher vor Jesus hin.

Josua war schon deswegen irre, weil er sich für einen großen römischen Feldherren hielt.

Sein verdrecktes Gewand hatte er oberhalb des Gürtels mit Metallplatten verziert, um den Brustharnisch eines römischen Legionärs anzudeuten.

Auf dem Kopf trug er einen alten verbeulten Römerhelm ohne Federbusch.

Und jetzt zog er aus dem Stück Seil, das ihm als Gürtel diente, ein verrostetes abgebrochenes Stück Schwert.

Er baute sich vor Jesus auf und rief so laut, dass es auch der Letzte hören konnte:

„Was willst du hier? Ich kenne dich!

Du bist der Heilige Gottes!

Willst du mit mir kämpfen?"

Drohend fuchtelte er mit dem Schwertstumpf vor Jesu Gesicht herum.

Und dieser Jesus blieb total cool.

Nur seine Augen werde ich nicht vergessen.

Es war in seinem Blick so viel Verständnis, so viel Mitgefühl und doch so viel Macht, dass mir ein Schaudern über den Rücken lief.

Dann fragte er den irren Josua:

„Wer bist du?"

Josua klopfte sich mit der Faust auf die Brust, dass die Metallplättchen nur so klimperten, hantierte noch mehr mit seinem Schwertstumpf herum und schrie:

„Ich bin Legion!"

Der Blick Jesu richtete sich weiter fest auf den Irren. Beide rührten sich eine Zeit lang nicht.

Alle im Raum hielten den Atem an und erwarteten, dass Josua sich jetzt auf Jesus stürzen würde, wie er sich schon auf so manchen gestürzt hatte, der ihn missachtete.

Doch langsam ließ Josua seinen Arm sinken. Das abgebrochene Schwert entfiel seiner Hand und schepperte auf den Boden. Mit der anderen Hand nahm er seinen verbeulten Helm aus den verfilzten Haaren und ließ ihn ebenfalls polternd zu Boden krachen.

Dann kniete Josua vor Jesus hin, küsste den Saum seines Gewandes und murmelte:

„Verzeih mir, Rabbi!"

Langsam stand der Irre auf und verließ mit gesenktem Kopf durch ein sich vor ihm öffnendes Spalier von Menschenleibern die Synagoge.

Es war die erste Dämonenaustreibung, die ich von Jesus sah und noch viele sollten folgen.

Denn dort in Karphanaum vor mehr als einem Jahr beschloss ich, mit Jesus in sein Reich Gottes zu ziehen.

„verliebt"

Mit Jesus durch die Orte von Galiläa zu ziehen bedeutete für mich, seit ewiger Zeit wieder einmal ein Zuhause zu haben.

Und wir haben viel erlebt in dieser Zeit.

Ich hatte mit zehn Jahren bei einer ihrer zahlreichen Fehlgeburten meine Mutter verloren.

Ein Jahr später, es waren kaum zwei Jahre her, ertrank mein Vater bei einem plötzlichen Sturm auf dem See, als er aus dem Fischerboot fiel und nicht mehr auftauchte.

So war ich ein armer Tagelöhner geworden und bis zu dem Tag geblieben, da Jesus in Karphanaum die ersten Jünger um sich geschart hatte.

Und die meisten waren Fischer wie ich.

Doch während die anderen Fischer wie Simon und Andreas immer noch auf mich herabsahen, auf den armen Hilfsarbeiter, fühlte ich mich von Jesus akzeptiert und wie ein eigener Sohn behandelt.

Mehrmals sah er nachts nach mir, wenn er von irgendwoher vom Beten zurückkam.

Und einmal, es war besonders kalt in jener Nacht, legte er sogar seinen eigenen Umhang über mich, sodass ich warm und umsorgt einschlafen konnte.

Ich entwickelte immer mehr eine tiefe Zuneigung zu diesem Mann und genau das Gleiche muss auch Hannah empfunden haben.

Sie stieß bei einem Mahl im Haus eines reichen Pharisäers zu uns. Beinahe hätte sie einen Eklat verursacht.

Von hinten näherte sie sich Jesus während des Mahles, küsste und salbte seine Füße und wusch sie mit ihren Tränen und trocknete sie mit ihren Haaren.

Sie wirkte so traurig und verloren.

Auch sie blieb dann bei uns.

Und wie meine Achtung vor Jesus immer mehr wuchs, so empfand ich bald eine schmerzliche Liebe zu Hannah.

Einmal auf der Wanderung nach Magdala nahm ich ganz vorsichtig ihre Hand und mein Herz machte gewaltige Sprünge, da sie es geschehen ließ.

Beim Aufsehen erhaschte ich einen Blick von Jesus, der meine scheue Kontaktaufnahme wohl gesehen hatte. Sein Lächeln ließ mein Herz noch höher schlagen und mich mutiger werden.

Hatte er nicht immer gesagt:

„Liebet, einander!"

Während seine engsten Anhänger immer wieder die Möglichkeiten diskutierten, die sich für sie auftun würden, wenn das Reich Gottes endlich anbrechen würde, war es für mich längst da.

Eine glückliche Kindheit hatte ich nicht gekannt. Jetzt war ich zum ersten Mal zufrieden und glücklich, als wir durch Galiläa zogen.

Es gab immer etwas zu essen, von reichen Frauen gesponsert.

Mit Jesus zu gehen tagaus, tagein war ein ständiger Lernprozess, sein Umgang mit den Menschen eine stetige Herausforderung.

Es war das erste Mal in meinem Leben, dass ich über Gott nachdachte.

In einem Land, in dem der Kult und die Zugehörigkeit zum auserwählten Volk eine so große und entscheidende Rolle spielten, war ich ein Fremder.

Außer, dass ich beschnitten war, hatten wir nicht viel gemeinsam.

Nie hatte ich Zeit gehabt, mich mit den so vielen Gegebenheiten meines Glaubens auseinander zu setzen. Ein paar grundlegende Gebote und Verhaltensregeln hatte mich mein Vater versucht zu lehren.

Jetzt aber bekam ich zum ersten Mal ein Gefühl dafür, was es hieß, an einen gütigen Gott im Himmel zu glauben und an seinem Reich hier auf Erden mitzuwirken.

Schnell verstand ich dann auch die vielen Anspielungen, dass Jesus der Messias sei. Obwohl ich mir nicht vorstellen konnte, ihn als Herrscher oder König zu sehen.

Auch nicht, als wir nach Jerusalem kamen.

In diesem brodelnden Kessel, der uns entgegen schäumte mit seinen vielen Menschen, Tieren, den hohen Mauern, den Gerüchen und Düften, dem Lärm und Geschrei. In diesem Wirrwarr begann ich mich klein und verloren zu fühlen und selbst der herzliche Empfang, den man Jesus bereitete, verursachte mir nur ein beklemmendes Gefühl.

Dieses Gefühl wurde sogar übermächtig, als ich den Anschluss an alle Bekannten und Freunde um mich herum verlor.

Zum einen wollte ich unbedingt zum Tempel, den ich noch nie in meinem Leben gesehen hatte und der wohl das Ziel Jesu am heutigen Tag war.

Zum anderen sehnte ich mich in der Enge der Gassen, zwischen dem Gedränge und der Hektik so vieler Menschen und Tiere, in der Vielfalt von Stimmen, Sprachen und Ausdünstungen, zurück nach Galiläa.

Ich wollte zurück an den See oder ins offene Land, in bekannte und vertraute Umgebungen.

Diese Empfindung in mir gewann dann auch die Oberhand und ich ließ mich vom Strom der Menge auf den Weg zurückspülen, den ich gekommen war.

Und als die Sonne ihren Höchststand erreicht hatte, gelangte ich wieder in den wohltuenden Schatten der Ölbäume in Gethsemane.

Bis in den späten Abend hinein trafen hier noch mehrere Versprengte von Jesus Jüngern ein.

Manche erzählten, was sich im Tempel ereignet hatte. Dass Jesus voller Wut die Händler verprellt hatte, die aus einem Gebetstempel ein Geschäftshaus gemacht hatten.

Als es ganz dunkel geworden war, traf auch Hannah mit einer Gruppe von Frauen ein und sie brachten etwas Brot und Wein mit. Jetzt erst spürte ich, wie hungrig und durstig ich war.

Als ich mit Hannah Brot und Wein teilte, erfuhren wir von weiteren Rückkehrern, Jesus sei auch auf dem Weg zu uns.

Doch ehe er kam, übermannte mich die Müdigkeit.

Ich suchte mir eine abseits gelegene Stelle unter den Ölbäumen und wäre vielleicht auch kurz darauf eingeschlafen, wäre da Hanna nicht gewesen. Plötzlich stand sie bei mir und kroch unter meinen Mantel.

Sie zitterte.

Aber nicht nur vor Kälte – wie sie sagte -, sondern auch, weil alle einschließlich Jesus in einer so bedrückten Stimmung seien, die ihr nichts Gutes verheiße.

Ich nahm sie in meine Arme.

Und mit dem Gedanken, dass auch dies zu meinem Reich Gottes gehöre, schlief ich ein, Hannah fest an mich gedrückt.

Abrupt fuhr ich dann aus dem Schlaf hoch.

Lautes Gerede, Waffengeklirr, Kommandorufe und zornige Worte hallten aus der Gegend, wo die anderen lagerten.

Hannah war verschwunden.

Voller Sorge und Angst, es könnte etwas Schlimmes passiert sein, sprang ich auf, schnappte mir nur meinen Umhang und tastete mich darunter vollkommen nackt in Richtung des Aufruhrs.

An den Feuern stieß ich auf ein riesiges Durcheinander. Jeder schien in eiliger Flucht zu sein.

Tempelwächter mit Jesus in ihrer Mitte kamen auf mich zu.

Man hatte ihn verhaftet.

Männer und Frauen eilten in alle Richtungen auseinander. Das Chaos war ausgebrochen und ich lief mitten hinein.

Einem der Tempelwächter kam ich zu nahe und er versuchte, mich zu ergreifen.

Jetzt ergriff auch mich vollends die Panik.

Ich drehte mich um und rannte in wilder Flucht in die schützende Dunkelheit der Olivenbäume. Außer Atem und nun völlig nackt, da ich meinen

Umhang in den Händen dieses Tempelwächters gelassen hatte, um ihm zu entkommen, erreichte ich die Bergkuppe.

Hier überraschte mich die Stille.

Ich blieb stehen und fror erbärmlich.

Was hatte das alles zu bedeuten?

Was war mit Jesus?

Wo war Hannah?

Was machten die Anhänger und die anderen Frauen?

Erst in der anbrechenden Morgendämmerung traute ich mich vorsichtig zurück. Nach einiger Suche fand ich meine restlichen Kleider und zog mich an. An den weiter unten liegenden ausgebrannten Feuerstellen entdeckte ich noch Brot und Reste vom Wein.

Den ganzen Tag über hielt ich mich zwischen den Ölbäumen versteckt und konnte keinen klaren Gedanken oder Entschluss fassen.

Im Stillen hegte ich die Hoffnung, dass bald alle wieder unversehrt hier auftauchen würden.

Als die Abenddämmerung wieder anbrach, war ich der Verzweiflung nahe. Zu nichts konnte ich mich aufraffen. Nur diese Angst und Ungewissheit lähmten mich.

Plötzlich hörte ich dann meinen Namen.

Erst leise, dann immer näher.

Eine Frauenstimme.

Hannah.

Schnell eilte ich ihr entgegen und vergrub mein Gesicht in ihrem Haar, damit sie meine Tränen nicht sehen konnte.

Auch sie hatte geweint.

Ihr rotgeränderten Augen und ihre fahrigen Hände taten meiner Seele weh.

Doch noch mehr entsetzte mich ihre Erzählung.

Man habe Jesus gekreuzigt.

Von Schluchzern unterbrochen erzählte sie mir die Geschichte seiner Verurteilung und seines Leidens.

Die Frauen waren bis zuletzt bei ihm geblieben.

Jetzt war er tot.

Gestorben am Kreuz.

Gestorben den schmachvollen Tod eines Verbrechers.

Und in mir starb auch etwas.

Alle Hoffnung, die er je für mich bedeutet hatte, war mit einem Mal dahin. Leere nur noch, wo ein zu Hause gewesen war. Was immer auch das Reich Gottes gewesen sein sollte, es schien mit ihm tot und vorbei.

Als Jerusalem im Licht der letzten Sonnenstrahlen noch einmal aufstrahlte, fassten Hannah und ich den Entschluss gemeinsam nach Galiläa zurückzukehren.

Vielleicht war das Reich Gottes ja nur ein schöner Traum gewesen und wir beide waren jetzt erwacht.

Am Rande des Kreuzwegs: Simon von Cyrene

Jerusalem, im Jahr 3796 seit Erschaffung der Welt

Ich, Simon, dein treuer Freund und Nachbar, grüße dich, Mattatias, Sohn des Josephus,

möge der Ewige, gepriesen Sein Name, dir Gesundheit und ein langes Leben schenken.

Es ist mir wieder mal vergönnt, wie du weißt, dieses Jahr Pessach in Jerusalem zu feiern.

Du kannst dir nicht vorstellen, was während der Tage der "ungesäuerten Brote" hier abläuft.

Juden von allen Enden der Erde sind hier.

Die Rauchsäule der Opfer über dem Tempel schwillt täglich an und reißt nicht ab und kündet von der Sehnsucht der Auserwählten nach einem Gnädigen im Himmel, der seinen Zorn verrauchen lässt und die Unterdrückung durch die Römer beendet.

Dann hörte man überall in der Stadt das Gerücht, der Messias sei gekommen und sammle Anhänger und Truppen in Galiläa.

Die Festtagsstimmung war sehr gereizt.

Auf der einen Seite freudige Erwartung bei denjenigen, die sehnlichst wünschen, dass es sich nicht wieder als Trugschluss herausstellen möge.

Auf der anderen Seite, besonders bei den Sadduzäern und im Hohen Rat, Angst und Sorge, da sie ihre Macht und ihren Einfluss wanken sehen und wieder einmal heftige Konflikte befürchten, sollte dieser Galiläer wirklich der "Gesalbte" sein.

Du kennst die Konfliktpunkte:

Ein Gesalbter wäre König und Hoherpriester.

Was wäre mit Herodes und Kajaphas?

Was würden die Römer machen?

Eine Menge Zündstoff, wie du siehst.

Gestern nun wurde ich, der ich mich überhaupt nicht festlegen wollte, der abwarten wollte, was wird, als ich von einem Spaziergang durch die Felder außerhalb Jerusalems kam, nicht nur Zeuge, sondern sogar Beteiligter am Untergang dieses Galiläers, dieses angeblichen Messias.

Normalerweise meide ich auf dem Rückweg in die Stadt das Tor, durch das die Hingerichteten zur Schädelstätte geführt werden.

Aber um ehrlich zu sein, hatte ich so kurz vor Pessach nicht mit Kreuzigungen gerechnet.

Ich geriet mitten in den wilden Mob, der diesen Jesus, so der Name des vermeintlichen *"Königs der Juden"*, zur Kreuzigung begleitete.

Blanker Hass, Hohn und Spott trafen einen eher unscheinbaren Mann, der auf seine Umgebung nicht mehr reagierte.

Während die beiden anderen Delinquenten, Bandenkrieger wie ich später erfuhr, laut in die Menge hinein fluchten, schleppte er sich nackt, blutverschmiert, verschwitzt mit schweren Beinen dahin.

Eigentlich widerstrebt es meinem Naturell, an brutalen Kreuzigungen teilzunehmen, da ich die Qualen und Martern dieser bedauernswerten Gestalten nicht mit ansehen kann - was immer sie auch getan und verdient haben mögen.

Aber da dies der Messias sein sollte, ein Wundertäter, schlug ich mich fasziniert und begierig auf das, was möglich sein könnte

- du kannst es Neugierde nennen -

bis in die vorderste Reihe durch.

Ausgerechnet vor mir strauchelt dieser Mann und fällt ermattet auf die Knie und ausgerechnet ich werde von dem römischen Zenturio dazu ausersehen, ja gezwungen sozusagen, ihm nicht nur zu helfen aufzustehen, sondern auch seinen Balken weiterzutragen.

Beim Ewigen, gepriesen Sein Name, mir blieb vor Schreck das Herz stehen.

Mehr aus Angst und Furcht, da ich mich selber in der Situation eines Hingerichteten sah, als wegen der Schwere des Holzes, habe ich Blut und Wasser geschwitzt und meine verdammte Neugierde verflucht.

Ich habe geschworen, dort oben auf Golgotha, als man mir den Balken wieder abnahm und mich fortließ, ein neues Leben, und der Ewige, gepriesen Sein Name, sei mein Zeuge, ein gottesfürchtiges Leben, zu beginnen.

Ich werde hier meinen Brief abschließen.

Noch jetzt zittern mir die Hände, wenn ich an diese Begebenheit zurückdenke.

Gleich gehe ich in den Tempel und hoffe dort zu erfahren, was nach meinem fluchtartigen Abgang auf Golgotha weiter passierte.

Dass es etwas Besonderes gegeben haben soll, läuft mittlerweile durch ganz Jerusalem teils als erschreckendes, teils als kaum glaubliches Gerücht.

Sollte man vielleicht doch den Messias gekreuzigt haben?

Lebe wohl, Mattatias und grüße mir meine Söhne Alexander und Rufus und bleibe mir ein treuer Freund bis zum Wiedersehen.

Am Rande des Kreuzwegs: Barabbas

Es war wie eine zweite Geburt. Nur war mir dieses zweite Leben nicht von meiner Mutter geschenkt worden, sondern von einem Mann, einem Galiläer.

Nur war es nicht meine Mutter, die mich unter Schmerzen geboren hatte, sondern dieser Mann und ich; wir hatten uns eine Morgendämmerung lang unter Qualen gewunden und gekrümmt.

Auch würde dieser Mann nicht mit dem Leben davonkommen, wie damals meine Mutter.

Meine Beine zitterten wie die Palmenblätter in Jericho, wenn der heiße Wind aus der judäischen Wüste darüber strich; und sie trugen mich nicht mehr.

Mein Atem ging so schnell, dass ich glaubte, nie mehr genügend Luft zu bekommen.

Mein Herz schlug rasend und drohte meinen Brustkorb zu sprengen.

Mit einer letzten äußersten Kraftanstrengung gelangte ich in den Schatten einer Lehmmauer kurz vor dem Gartentor, durch das eine Menge Menschen an diesem frühen Morgen nach Jerusalem hineinströmte.

Als ich dort mehr zusammensackte, als mich gezielt in den Straßenstaub zu setzen, berührte mein von Geißelhieben geschundener Rücken nur kurz die kühle raue Lehmverputzung. Und doch war der Schmerz so groß, dass ich aufschrie und schwarze Schleier vor meinen Augen einen absurden Tanz aufführten.

Ich schloss die Augen und war wieder ganz Schmerz.

Schmerz, der in der Nacht begonnen hatte, als diese verfluchten römischen Besatzer in unser Versteck eingedrungen waren und alle mit dem Schwert erschlugen, die sich wehrten.

Aus dem Schlaf gerissen begann eine Martertour, heraus aus der judäischen Wüste und unserem ach so unsicheren Schlupfwinkel.

Mattatias, Schimschon und Jochanan waren tot, erschlagen.

Joahas, Sacharja und mich, Barabbas, schleppten die Soldaten unter ständigen Stößen und Schlägen mit ihren Lanzenstöcken in Richtung Jerusalem.

Erst als wir im Prätorium von einem Hauptmann – mehr oberflächlich als intensiv – über weitere Schlupfwinkel, Mitverschwörer und unsere Pläne befragt wurden, wich der Schock von mir und eine lähmende Angst nahm mich vollständig gefangen.

Seit ich mich den Zeloten angeschlossen hatte, prangte hinten im entferntesten Winkel meines Gedächtnisses als immer präsentes Menetekel das Kreuz.

Wir alle, die wir für die politische Freiheit Judäas vom römischen Joch zu kämpfen bereit waren, hatten den Tod am Kreuz vieler Freunde und Gefährten ständig vor Augen.

Während Joahas und Sacharja mit gequälten Stimmen auf die Fragen des Hauptmannes antworteten, wurde ich seltsam hellsichtig:

Ich sah jetzt in diesem Moment die letzte Morgendämmerung im Osten Jerusalems über den Horizont heraufwandern.

Die Chaosdämonen der Nacht hatten in mir ihr Opfer bekommen und konnten nun die Sonne nicht mehr an einem neuen Aufgehen hindern. Und ich sehnte mir schon den Abend dieses Rüsttages vor dem Pessachfest herbei, der mir das ewige Vergessen bringen würde.

Gekreuzigte hingen manchmal über Tage in ihrer Qual, ohne sterben zu können. Still dankte ich dem Ewigen, gepriesen sein Name, dass mir das erspart bleiben würde, da nach seiner Weisung in der Thora niemand über Pessach am Pfahl bleiben durfte, um das Fest und das Land nicht zu verunreinigen.

Trotzdem sah ich Stunde um Stunde voll Schmerzen und Martern auf mich zu kommen, die nichts waren, auf das man sich je vorbereiten konnte.

Vielleicht würde ich die letzte große Qual des Beinebrechens nicht einmal mehr erleben. Die Soldaten, die ich getötet hatte, waren schnell und schmerzlos gestorben; jetzt rächten sie sich tausendfach an mir.

Mit der Preisgabe der Information, ich sei der Anführer unserer kleinen gescheiterten Verschwörergruppe, erlangten meine beiden Gefährten nur den Erlass der Geißelung.

Mir sollte durch mein Schweigen auch diese nicht erspart bleiben.

Aber was konnte ich auch schon preisgeben.

Dass ich aus Sephoris stammte, dass ich in Jericho nur einen Kontaktmann kannte, dass wir geplant hatten, bei den Massen von Menschen, die sich zu Pessach in Jerusalem aufhielten, den einen oder anderen Römer zu töten, dass unsere Kontaktperson in Jerusalem Samuel hieß.

Mein Schweigen würde meine letzte Zelotentat vor dem Kreuz sein und sollte meine Verachtung vor den Besatzern zum Ausdruck bringen.

Als man die ersten schemenhaften Konturen im fahlen Morgenlicht erkennen konnte, führten mich die Soldaten zu einer der Säulen. Während sie meine Arme um die Säule legten und an einem Ring festbanden, stöhnte neben mir ein anderer Unglücklicher unter den schwirrenden Schlägen der Geißel. Dann hörte das Surren der Geißelschnüre neben mir auf.

Sie zerrissen mein Gewand, dass mein ganzer Rücken frei war, und als das Surren wieder begann, kam der Schmerz in seiner ganzen Grausamkeit und bohrte sich Schlag auf Schlag in meinen Rücken und meine Schultern.

Meine Welt verwandelte sich in ein Meer der Qual.

Trotzdem hörte ich seltsam klar und deutlich die Gespräche der Soldaten, das Zählen der Hiebe, das Surren der Geißelschnüre und den Befehl, der andere Gemarterte – ein Jesus aus Nazareth – sollte sofort zu Pilatus, diesem Scheusal aus Rom, gebracht, um abgeurteilt zu werden.

Auch auf ihn wartete das Kreuz.

Dann wurde urplötzlich die heller werdende Morgendämmerung wieder zur schwarzen Nacht.

Ein oder zwei Mal fraß sich dieses gefräßige Schmerzenstier noch in meinen Rücken und hörte dann auf. Ich wurde losgebunden und auf meine Beine gezogen, die mir nicht mehr gehorchten. Zwei Soldaten stützen mich und schleppten mich vorwärts. Kühl und abweisend berührten ihre Brustharnische meine Arme.

Langsam verließ mich die barmherzige Dunkelheit einer beginnenden Ohnmacht wieder, floh von mir, um sich in die fahle Morgenhelle zu verstecken; und ich fühlte, wie das Blut meinen Rücken hinabrann und sich über die Beine einen Weg auf das Pflaster des Prätoriums suchte.

Nach ein paar unsicheren Schritten hatte ich auch wieder Gewalt über meine Beine.

Dann stand ich auch schon auf dem Lithosstratos, ein paar Schritte nur entfernt vom Richterstuhl, auf dem Pilatus hockte.

Auf der anderen Seite stand dieser Jesus, dieser Galiläer.

Wir sahen uns an.

Und zum ersten Mal seit meiner Gefangennahme mitten in der Nacht spürte ich so etwas wie Hoffnung. Sein Blick war nur kurz gewesen, aber ich empfand eine Art Verheißung darin, eine Art Ermunterung wie ein Versprechen.

Jetzt erst bemerkte ich eine Vielzahl von Leuten, die sich trotz der frühen Morgenstunde schon hier vor dem Podest versammelt hatten.

Ich erkannte Mitglieder des Hohen Rates, Tempeldiener, ein paar Schriftgelehrte, Dutzende Schaulustige und dort ganz vorne in der ersten Reihe stand Samuel, mein Kontaktmann und Freund aus Jerusalem.

Und dann ohne Vorwarnung, ohne auch nur den Hauch einer Ahnung, was hier anderes passieren sollte, als meine Verurteilung, stellte Pilatus den Menschen, die da standen, die Frage, wen von uns beiden er freilassen sollte, Jesus, den Nazarener aus Galiläa, den König der Juden; oder mich, den Barabbas, den Mörder, Räuber und Römerhasser.

Es vergingen nur ein paar Sekunden, in denen mir schlagartig klar wurde, hier und jetzt entschied sich, ob ich leben oder sterben sollte. Und ich dachte an den Blick dieses Jesus und ahnte das Versprechen des Lebens, das darin gelegen hatte.

Und mein Herz klopfte wie noch nie.

Und ein paar leise Stimmen begannen meinen Namen zu rufen, wurden mutiger, wurden mehr, wurden lauter.

Und die Mitglieder des Hohen Rates sahen sich um, lächelten sich gegenseitig an und begannen mit zu skandieren:

„Barabbas ... Barabbas ..."

Mein Blick hing an Pilatus.

Was für ein Spiel spielte er hier?

Als die Stimmen immer mehr anschwollen, gab er ohne große Reaktion den Soldaten, die mich immer noch an den Armen hielten, ein Zeichen.

Sie ließen mich los.

Fast hätten meine Beine nachgegeben.

Die Menge da vor mir skandierte weiter:

„Barabbas ... Barabbas ..."

Ich war frei.

Ungläubig blickte ich mich um. Immer noch konnte ich nicht daran glauben. Vermutete sogar eine Täuschung.

Ich sah zu Jesus hin. Aus seinem vor Schmerz verzerrten Gesicht lächelten mich seine Augen an.

Jetzt erst begriff ich das Geschenk des zweiten Lebens.

Und ich rannte los.

Rannte, rannte.

Stieß mit anderen Personen zusammen und rannte.

Rannte, bis ich hier am Gartentor nicht mehr weiter konnte, ohne mich auszuruhen und wieder Luft zu bekommen.

Jetzt ging mein Atem fast wieder normal und ich sog sie ein, die Luft dieses neuen Lebens, dessen kostbares Geschenk ich erst langsam zu begreifen begann.

Am Rande des Kreuzwegs: Ben Zaddok

Da lag dieser Mann auf Händen und Knien keine zehn Schritte von mir entfernt im Straßenstaub. Der Balken war von seiner Schulter auf das Pflaster der Straße gedonnert.

Blut lief aus den Wunden der Geißelung über seinen Rücken, seine Oberschenkel und Seiten hinunter.

Blutüberströmt war sein ganzes Gesicht.

Unselig mühsam hob er die Hände und wischte sich den Blutschleier aus den Augen, nur um wieder ermattet auf die Hände zu sinken.

Mir ging durch den Kopf, dass ich eigentlich Genugtuung hätte verspüren müssen. Genugtuung deshalb, weil derjenige, den ich jetzt seit fast einem Jahr bekämpfte, gedemütigt vor mir lag. Genugtuung auch, weil seine Lehren, seine Heilstaten, seine Botschaft, alles, weswegen ich so aus der Bahn geworfen worden war, heute Abend mit seinem Tod schon Vergangenheit und recht bald wohl vergessen sein würden.

Die römischen Soldaten zwangen ihn aufzustehen, legten ihm nicht eben sanft das Querholz wieder auf die zerschundene Schulter.

Und dieser Jesus wankte weiter.

Mit ihm strebte die Menge der Schaulustigen zur Hinrichtungsstätte vor den Toren der Stadt.

Ich blieb stehen, ließ mich anrempeln und merkte nichts von Genugtuung.

Langsam entfernte sich der Zug der Verurteilten. Die Straße wurde leer und still. Der Staub legte sich.

Und ich stand dort regungslos und starrte auf das Pflaster der Straße.

Keine zehn Schritte von mir weg hatten sich seine blutigen Handabdrücke auf den Steinen verewigt. Grell und rot leuchteten sie zu mir herüber.

Nein, in mir war keine Genugtuung, nur eine unermessliche Leere.

Immer wieder war ich mit einigen anderen Pharisäern nach Galiläa gegangen. Wir wollten genau wissen, was sich dort mit diesem Wundertäter so tat. Wir waren beauftragt, uns ein Bild zu machen.

Wie schon viele vor ihm heilte er Kranke, sammelte Anhänger um sich und redete von der Endzeit und dem Anbrechen der Gottesherrschaft.

Immer wieder schockte er mich.

Seine Auslegung der Thora des Mose war schon ein Eklat, was mich außerdem mehr und mehr verunsicherte.

Seine Angriffe gegen mich und meinen Stand ließen Furcht und Hass in mir entstehen.

Wenn er das stammelnde Gebet einer Witwe Gott ergebener pries und mein Beten als scheinheilig darstellte, hätte ich am liebsten den nächsten Stein genommen und nach ihm geworfen.

Wenn er mit dem Abschaum der Gesellschaft, mit Dirnen, unreinen Frauen, Zöllnern, Tagelöhnern und Bettlern Mahl hielt und mich einfach stehen ließ, wäre ich vor Scham am liebsten in den Erdboden gesunken.

Und das Schlimme war, dass die Menschen anfingen, ihn zu verehren, in ihm sogar den kommenden Messias zu sehen.

Ein Bauhandwerker aus einem unbedeutenden Kaff in Galiläa als der Messias?

Einfach lächerlich und dazu noch gotteslästerlich.

Das entsprach nicht meinen und damit den offiziellen Vorstellungen und außerdem brachte dieser Anspruch das politische Gefüge, den Status quo zwischen Römer und dem Hohen Rat ins Wanken.

Dieser Mensch sollte Gottes Sohn sein?

Jemand der den Sabbat nicht hielt und die Gebote nach eigenem Gutdünken auslegte?

Den größten Ärger hatte er dann hier im Tempel zu Jerusalem verursacht, als er wie ein wütender Rächer die ganze Marktordnung durcheinander brachte. In der heillosen Verwirrung, die er dort gestiftet hatte, hatten Bettler und Tagelöhner das ganze Geld des von mir angestellten Geldwechslers vom Boden weggestohlen und mir einen meiner verlustreichsten Tage beschert.

Heute, in aller Frühe, hatte dieser Galiläer sich dann endlich vor dem Hohen Rat verantworten müssen. Ich hatte ihn mit seinem Anspruch konfrontiert, sich als Sohn Gottes auszugeben. Und ich war so erleichtert, als er es nicht mal abstritt.

Ich war am Ziel, hatte ich doch wieder einmal guten Gewissens einen Scharlatan überführt.

Die stärker werdende Sonne hatte das Blut auf den Steinen der Straße mittlerweile getrocknet und dunkel werden lassen.

Und ich starrte noch immer auf den Abdruck seiner Hände, während von weitem die Hammerschläge ertönten, welche die Verurteilten an die Kreuze hefteten.

Da war keine Genugtuung in mir, nur eine ganz unbestimmte Traurigkeit.

Eigentlich hatte ich nur meinen Job getan, meine Interessen gesichert und mir somit nichts vorzuwerfen. Trotzdem ließen mich die Handabdrücke nicht aus ihrem Bann.

Ich wollte weggehen, aber auch das konnte ich nicht.

Ich versuchte meine Gedanken auf das bevorstehende Pessachfest zu richten, das Fest der Befreiung vom Joch der Knechtschaft.

Und plötzlich wusste ich, dass ich mich von ihm nicht würde freimachen können.

Wie aus einem inneren Zwang heraus trat ich aus dem Schatten der Häuser mitten auf die Straße, kniete mich hin und stützte meine Hände in die Abdrücke, die seine Hände hinterlassen hatten.

Beten wollte ich zum Ewigen, gepriesen sein Name, aber ich hörte in mir nur die Worte:

„Vergib mir!"

Am Rande des Kreuzwegs: Salome

Und ich habe nicht geweint!

Ich hatte keine Tränen mehr dort am Gartentor, als ich zwischen den Soldaten und zwei anderen Verurteilten Jesus gewahr wurde.

Ich hatte geweint jedes Mal, wenn eines meiner neugeborenen Geschwister kurz nach der Geburt starb.

Als ich zwölf Jahre alt war, verstarb meine Mutter und nach ihrer Beerdigung, als man mich zwang, einen Haushalt zu führen, auf dem Feld zu arbeiten und die Launen meines Vaters zu ertragen, glaubte ich keine Tränen mehr zu haben.

Mit fünfzehn wurde ich einem lüsternen alten Mann angetraut und weinte immer hinterher, weil es brutal war und mir wehtat.

Ich war gerade neunzehn, als mein Mann starb und da waren es Tränen der Freude jetzt endlich frei zu sein, ohne Mann, ohne Kinder, ohne Geldsorgen.

Ich war eine junge wohlhabende Witwe damals in Sephoris.

Zwei Jahre genoss ich es jetzt, allein in meinem Haus alles bestimmen zu können, Macht zu haben über die Tagelöhner, die jetzt meine Oliven ernteten und pressten, die Gerüchte um meine Person schmunzelnd zur Kenntnis zu nehmen und so manchen heimlichen Liebhaber noch vor dem Morgengrauen vor die Tür zu setzen.

Wenn ich in diesen zwei Jahren geweint habe, dann aus Einsamkeit und weil mich meine Freiheit bedrückte.

Mein größtes Vergnügen in dieser Zeit war, selbst in der Abendkühle das Wasser im Brunnen schöpfen zu gehen. Es wurde eine liebe, angenehme Gewohnheit und brachte Zerstreuung im Gespräch mit anderen Frauen. Es wurden nicht nur Gerüchte hinter vorgehaltener Hand getuschelt, sondern auch alle Ereignisse in Sephoris, ja selbst im fernen Jerusalem, angesprochen und diskutiert.

Hier hörte ich auch die ersten Geschichten über Jesus.

Und dann erzählten die Frauen, dass Jesus in Sephoris war.

Trotz der späten Stunde eilte ich zur großen Synagoge.

Dort vor dem großen prächtigen Portal sah ich ihn zum ersten Mal und hörte ihn vom Reich Gottes erzählen. Und um ihn herum saßen seine Anhänger, Männer und Frauen, in einem Halbkreis. Sie schienen an seinen Lippen zu hängen, wie Süchtige.

Dahinter standen einige Zuhörer aus der Stadt.

Gebannt hörte auch ich ihm zu, war fasziniert von seinem Auftreten, seinem Aussehen und seiner Botschaft.

Ein kleines Mädchen in zerschlissenen Kleidern, mit verfilzten Haaren voller Ungeziefer, schmutzig und stinkend und fast blind, mit seinen vor Dreck und Eiter entzündeten Augen stieß mich an und bettelte um ein Geldstück.

Ich stieß sie weg.

Es gab hier in Sephoris wie in ganz Galiläa und Judäa so viel Arme und Bettler; und sie waren ganz einfach nur lästig.

Als ich wieder zu Jesus sah, kam er auf mich zu.

Im Vorübergehen nahm er einem seiner Jünger den Wasserschlauch aus Ziegenleder ab.

Ganz erschrocken war ich, als er immer näher zu mir trat.

Doch er ging an mir vorbei und bückte sich hinter mir zu dem kleinen Mädchen hin, das ich weggestoßen hatte und das leise wimmernd im Straßenstaub hockte.

Er sprach beruhigend auf sie ein, während er Wasser in seine hohle Hand goss und dem Mädchen äußerst vorsichtig und fast zärtlich Schmutz und Eiter aus dem Gesicht und den Augen wischte.

Das Mädchen sah ihn mit dunklen Augen an und ihr kleiner Mund lächelte zu ihm hoch.

Mit einem Zipfel seines Gewandes trocknete er dem Kind das Gesicht ab und fragte, ob es jetzt nicht besser sehen könnte; und es sollte sich immer schön waschen dann würden die Augen bald wieder ganz heil sein.

Jetzt strahlte die Kleine ihn an.

Jesus gab ihr aus einer Tasche seines Gewandes noch ein Stück Brot und schickte sie dann nach Hause. Das Mädchen sprang auf, tanzte um mich herum und rief mir zu:

„Ich kann dich sehen, ich kann dich sehen, ich kann dich sehen."

Dann verschwand sie in eine der schon dunkel werdenden Gassen.

Hinter mir hörte ich, wie einer der Umstehenden seinem Nachbarn erklärte:

„Er hat sie von ihrer Blindheit geheilt.

Ein Wunder!"

Und ein Gemurmel und Geraune ging durch die Menge.

Jesus stand plötzlich vor mir.

„Wie heißt du?"

„Salome!", antwortete ich.

Da nahm er meine Hand und zog mich sanft in den Kreis seiner Anhänger.

„Willkommen im Reich Gottes."

Seitdem war ich mit ihm gezogen bis hierher zum Gartentor und zu seiner schwärzesten Stunde. Seit damals hatte ich nicht mehr geweint; und auch jetzt waren meine Tränen versiegt.

Wir Frauen waren die einzigen seiner Anhänger, die noch bei ihm geblieben waren, nachdem gestern Abend in Gethsemane die Soldaten und Tempeldiener aufgetaucht waren, um ihn gefangen zu nehmen. Alle anderen waren geflohen, hatten aus Angst oder Panik sich in alle Winde zerstreut.

Mühsam schleppte sich Jesus vorwärts. Blutig, zerschlagen, schmerzverzerrt kam er uns immer näher auf seinem Weg in den Tod.

Ich stand still und seltsam ruhig zwischen den weinenden Frauen.

Was Jesus hier tat, war konsequent und machte seine Botschaft mir nur noch klarer und bewusster. Deshalb konnte ich nicht weinen, sondern ihn nur maßlos bewundern.

Er sah nicht zu uns hin. Er war viel zu konzentriert darauf, den schweren Balken auf seiner blutigen Schulter zu balancieren und nicht herunterfallen zu lassen und sich mit aller ihm verbliebenen Kraft vorwärts zu bewegen.

Und doch wusste ich, dass er uns bemerkt hatte.

Ich schloss mich dem Zug der Schaulustigen an, der die Verurteilten bis nach Golgota hin begleitete und ich blieb bis zuletzt.

Dann stahl ich mich fort.

Maßlos traurig und völlig ratlos machte ich mich auf den Weg zurück nach Jerusalem hinein.

Tief in meinem Innern wusste ich, dies war nicht das Ende; es konnte und durfte nicht das Ende sein. Irgendwo in mir war da eine Hoffnung und ich versuchte angestrengt mich zu erinnern, welches der vielen Jesusworte diese Hoffnung in mir aufrecht hielt.

Ich eilte durch die Straßen Jerusalems an diesem Rüsttag vor dem Pessachfest zu dem Haus, wo wir mit Jesus vor ein paar Stunden noch gemeinsam Mahl gefeiert hatten. Viele Menschen waren unterwegs und die meisten oder fast alle hatten keine Ahnung, was da vor der Stadt geschehen war.

Ich sah und bemerkte sie kaum.

Ich war ganz in der Erinnerung an die vielen Begebenheiten, Heilstaten und Reden Jesu versunken und total mit mir selbst beschäftigt.

Plötzlich stieß ich mit einem Jungen zusammen, der die frommen Pilger von überall her, anbettelte.

Er war völlig verdreckt und sein Haar total verfilzt. Ein paar Lumpen umhüllten kaum einen viel zu mageren Körper und seine Augen waren entzündet und zu gequollen von Eiter, Schmutz und Tränen.

Einem vorbei eilenden Wasserverkäufer gab ich eine ganze Hand voll Münzen für einen Krug Wasser und an einem der vielen Stände kaufte ich von meinem letzten Kleingeld einen Laib Brot.

Ich eilte zu dem Jungen, sagte ihm, er brauche keine Angst zu haben, und wusch ihm das Gesicht und die Augen, putzte ihm die Nase und kämpfte an gegen seine Furcht.

Dann brach ich das Brot und gab ihm eine Hälfte, die er sofort begann heißhungrig zu verschlingen.

Zwischen zwei Bissen, immer noch heftig kauend, sagte er mir dann:

„Ich kann dich jetzt richtig sehen. Du bist eine schöne Frau."

Ich umarmte den kleinen Kerl und flüsterte nur:

„Willkommen im Reich Gottes."

Dann gab ich ihm den Rest des Brotes und lief so schnell ich konnte weg.

Und ich weinte.

Weinte, wie seit langem nicht mehr.

Am Rande des Kreuzwegs: Joseph

Was hatte ich hier eigentlich begraben?

Nur einen einfachen Bauhandwerker, von dem die Anhänger behaupteten, er sei der Messias?

Einen Wunderheiler, den meine Kollegen aus dem Hohen Rat für eine Gefahr für die öffentliche Sicherheit und Ordnung hielten?

Den Sohn Gottes?

Meine Hoffnung auf ein freies unabhängiges Judäa unter einem König der Juden?

So viele Fragen und keine Antworten.

Während zwei meiner Steinmetze den schweren Stein vor die neu aus dem Felsen heraus gehauene Grabkammer bewegten, tauchte in meiner Erinnerung mein erstes Zusammentreffen mit diesem Jesus auf.

Ich war an den Jordan gepilgert, um mir die Predigten dieses Wüstenmannes Jochanan anzuhören, von dem die Leute erzählten, er sei ein neuer Prophet.

Nebel lag noch über dem Fluss und anstatt einer Predigt taufte Jochanan nur diesen Jesus, umarmte ihn lange und verschwand wieder im Dickicht des jenseitigen Ufers.

Zuerst war ich enttäuscht; doch schon bald hörte ich interessiert diesem Jesus zu, der nicht die Buße predigte wie Jochanan, sondern von der Liebe Gottes, den er Vater nannte, zu allen Menschen.

Er verkündigte, das Reich Gottes sei bereits angebrochen und wir alle – unterschiedslos – könnten daran mitwirken und daran teilhaben.

Und heute hatte der Hohe Rat, ohne mich überhaupt zu informieren, ihn vor Pilatus des Hochverrats angeklagt und ihn wie einen Schwerverbrecher kreuzigen lassen.

War die Zeit noch nicht reif für das Reich Gottes?

Waren die Menschen immer noch nicht bereit, Gottes Propheten zu erkennen und nach ihren Maßstäben zu leben?

Eine Frau aus dem Kreis seiner engsten Vertrauten hatte mir mitten in den Festtagsvorbereitungen zum Pessach die Nachricht von seinem gewaltsamen Ende gebracht.

Alles stehen und liegen lassend eilte ich nach Golgota. Als ich dort ankam, hauchte Jesus für seine Überzeugungen gerade sein Leben aus.

Ich war tief erschüttert und maßlos traurig.

Den einzigen Dienst, den ich ihm noch erweisen konnte, war ein würdevolles Grab.

Schnell eilte ich zu Pilatus.

Ich ließ alle meine Beziehungen spielen, um vorgelassen zu werden und von ihm das Recht zu erhalten, einen Gekreuzigten zu bestatten.

Die schwere steinerne Grabplatte bewegte sich knirschend in ihrer Rinne und verschloss die Öffnung meiner Grabstätte.

Langsam, seltsam still, verließen die Frauen, die Jesus in Leinentücher gehüllt hatten, die Beerdigungsstätte.

Die Sonne war fast am Horizont verschwunden, wie meine Vorfreude auf die kommenden Festtage des Pessach, die sich in Nichts aufgelöst hatte.

Ich trat an die Grabplatte, legte Stirn und Hände an den kühlen Stein und fragte mich wieder, was ich hier eigentlich begraben hatte?

Am Rande des Kreuzwegs: Maria aus Magdala

Liebe Maria aus Magdala,

zu Beginn dieses Briefes möchte ich dir meine große Zuneigung gestehen, die ich in der kurzen Zeit, in der ich dich kenne, zu dir gefasst habe

Und die, obwohl sie von dir nicht im gleichen Maße erwidert werden kann, mir jedoch hilft und mich manches leichter ertragen lässt, mit den Gedanken an dich.

Du hast einem altgedienten römischen Soldaten, einen Meister im Töten, der keinen Sinn im menschlichen Dasein auf dieser Erdenscheibe mehr sieht, der einsam, weit von zu Hause die Interessen von fremden, fernen Mächten durch sein Schwert zur Geltung bringen soll, ein paar kurze Momente einer anderen Welt gezeigt und ihn nachdenken und innehalten lassen.

Als wir um das Gewand jenes galiläischen Verurteilten spielten, ging es mir nur um den möglichen Gewinn, mit dem ich meinen kargen Sold hätte aufbessern können.

Wer, wie ich, so viele Menschen im Krieg oder als zum Tode Verurteilte hat sterben sehen, wird bei einem jüdischen Wunderheiler, der am Kreuz sterben soll, höchstens auf die Unterbrechung des eintönigen Tagesdienstes eben durch so ein Wunder hoffen.

Blut und Qual sehe ich jeden Tag und manche Nacht. Selbst meine Träume sind manchmal rot.

Glauben an irgendwelche Götter, die unser Geschick und unsere Taten bestimmen, habe ich nicht mehr.

Man stumpft ab.

Du hattest mich richtig in Erinnerung behalten als denjenigen, der Glück im Würfelspiel hatte und das Gewand gewann.

Übrigens ist es sehr schön, wenn es jetzt auch verschwitzt und voller Blut ist, durch die ganze Verurteilungsprozedur.

Ich hatte vorgehabt, nachdem ich es gewonnen hatte, mich abends nach meinem Dienst von dem Erlös amüsieren zu gehen, aber dann kam dieser Nachmittag, der mein Leben aus der Bahn geworfen hat.

Deinen Anteil daran wirst du leicht erkennen können.

Zum Tode Verurteilte, die gefoltert und gegeißelt worden sind, sind für mich schon so zum täglichen Anblick geworden, dass ich mir die Einzelnen nicht mehr so genau ansehe.

Zum einen bieten sie, sogar für mich noch, immer den gleichen bedauernswerten Eindruck, zum anderen kann ich den Hass, den die meisten uns als Besatzern entgegenbringen, schlecht er-tragen.

Sobald sie am Kreuz hängen, ist mein Job auch schon fast erledigt.

Das Beinebrechen, das nur hier in Jerusalem und Judäa aufgrund irgendwelcher religiöser Reinheitsgebote und Begräbnisvorschriften, die ich nicht verstehe, in Mode ist, überlasse ich denen aus meiner Kohorte, die zu solchen Extrabrutalitäten neigen und dabei auch noch Spaß haben.

Ich erinnere mich noch sehr gut an die Kreuzigung dieses Galiläers, jenes Jesus, weil wir über seinem Kopf ein Schild *„König der Juden"* angebracht hatten, was uns köstlich amüsierte, vor allem, weil viele der Priester und der vornehmen Juden, die auf uns römische Soldaten sowieso herabsehen, dies so auf die Palme brachte, dass sie sogar bei Pilatus intervenierten.

Aber mehr noch erinnere ich mich deswegen, weil es mitten am Tag schwül und finster wurde.

Kein Wölkchen weit und breit, kein Blitz, kein Donnergrollen und trotzdem dieses Weltuntergangswetter, das sogar meine abgebrühten Kameraden still werden ließ.

Manch heimlicher Blick wanderte in Richtung Himmel. Eine dumpfe Stille herrschte ringsum.

Das laute Spotten und Lästern der Schaulustigen, Neugierigen und Besserwisser, das bei fast jeder Kreuzigung obligatorisch ist, hatte aufgehört, das Stöhnen der beiden rechts und links Gekreuzigten wurde leiser und auch das Weinen der Frauen, die ein paar Meter hinter mir standen, endete so abrupt, dass ich mich umdrehte.

Und dann sah ich dich.

Während dort hinter mir drei Verurteilte mit dem Tode rangen und ein Zwielicht diese blutige Szene umhüllte, schien es mir, als wäre die Liebesgöttin persönlich in all ihrer Schönheit auf diese Erde zu mir hinuntergestiegen.

Trauer und Tränen verschleierten deine Augen, die durch mich hindurchblickten zu jenem Jesus hin.

Aber dein Blick machte mich trunken und ich folgte ihm und sah zum Kreuz hoch in dieses schmerzverzerrte Gesicht, das deinen Blick zu erwidern schien.

Und dann schrie er.

Nie werde ich diesen Todesschrei vergessen.

Und dein Blick schrie mit.

Und dann war er tot und es war vorbei.

Und ich hörte meinen Zenturio stöhnen und flüstern immer wieder dieselben Worte:

„Das ist ein Gottessohn .... das ist ein Gottessohn ..."

Und ich sah dich weinen.

Und irgendetwas zerriss in mir. Deine Qual um diesen Mann ließ mich erzittern und die Größe deiner Fähigkeit zu lieben, erahnen.

Ich erlebte die folgende Zeit wie in einem schweren Rausch.

Ich glaube, ich habe in den Tagen danach und vor allem in den Nächten, die folgten, sämtlichen Wein Galiläas in mich rein geschüttet, um die Gedanken an diesen Augenblick zu ertränken.

Es half alles nichts.

Ich konnte trinken, soviel ich wollte, selbst im Vollrausch noch hörte ich seinen Schrei, sah deine trauernde Schönheit und hörte dabei immer wieder die Worte meines Kohortenführers.

Ein paar Tage später bekamen wir wieder einen von diesen Aufträgen, die uns alle wahnsinnig machen, weil die Langeweile uns umzubringen droht.

Aus irgendwelchen Gründen sollten wir ein Grab bewachen und vor halb verrückten Galiläern schützen, welche die Leiche ihres Anführers entwenden und zu irgendwelchen revolutionären Aufständen benutzen wollten.

Während alle Kameraden über einen so hirnverbrannten Auftrag murrten, hielt ich in meinem

Zustand alles - selbst eine Totenbewachung - für besser, um mich abzulenken, als Kasernendienst.

Wir kamen zu der Grabanlage und ehe wir überhaupt wussten, was eigentlich los war, stürmten aus einer offenen Grabhöhle zwei Frauen auf uns los. Die eine lief mir genau in die Arme und ihr Fläschchen mit Spezereien zerplatzte förmlich auf meinem Brustharnisch.

Ich wollte schon grob werden und die Frau zusammenstauchen über so viel Ungeschicklichkeit, als sie aufblickte und ihr Kopfschleier dein Gesicht freigab.

Dein Blick war blanker Hass und dein Gesicht, das in meinen Träumen vollkommen und schön war, sah jetzt einer verheulten Dirnenfratze ähnlich.

Trotzdem konnte ich dich nur ansehen.

„Wo habt ihr ihn hingebracht?",

hast du mich gefragt und erst allmählich begriffen, dass ich auch gerade erst angekommen war.

Dann kam dein Erkennen, denn deine Augen blitzten auf und waren scharf wie Dolche.

Ohne eine Antwort abzuwarten, bist du der anderen Frau unter den Spottrufen meiner Kameraden nachgerannt.

Wir gingen ins Grab, und ich stellte bestürzt fest, dass der Tote, den wir bewachen sollten, verschwunden war.

Irgendetwas stimmte hier nicht, kam es mir in den Sinn, und du warst bestimmt jemand, der mir mehr Klarheit bringen konnte. Deshalb beschloss ich, dich zu suchen und zu fragen.

Du kennst Jerusalem und weißt, wie schwierig es ist, während der Festtage bei all den Massen von

Menschen jemanden zu finden, selbst wenn man ihn gut kennt.

Und ich kannte dich nur vom Sehen.

Ich sah schließlich selber ein, dass der Versuch, dich zu finden, zum Scheitern verurteilt war.

Trotzdem begann ich in meinem schlechten Aramäisch, Fragen zu stellen. Fragen nach dem Wunderheiler, nach seinen Anhängern, nach seiner Familie, nach seiner Frau.

Irgendwann hatte ich so viele Informationen zusammen, dass ich beschloss, meine Freizeit dazu zu nutzen, nach Galiläa zu gehen, weil alles darauf hindeutete, dich dort zu treffen.

Und ich musste dich treffen, musste dich wiedersehen.

Und dann, als ich schon im Begriff war, die Stadt zu verlassen, sah ich am Tor dich in der Menge auf mich zukommen.

Ich hatte ganz vergessen, wie schön du bist, und mit Gedanken an unsere bisherigen unerfreulichen Zusammentreffen wagte ich kaum, in dein Blickfeld zu kommen.

Mit gemischten Gefühlen sah ich dein Erkennen, doch wie groß war meine Erleichterung, als eine feindselige Reaktion deinerseits ausblieb.

Im Gegenteil, du steuertest zielstrebig auf mich zu und mit einem hinreißenden Lächeln verblüffte mich deine Frage vollends:

„Hast du noch sein Gewand? Ich würde es dir gerne abkaufen. Es soll dein Schaden nicht sein!"

Dann lächeltest du mich an und alle Kriege und alles Blut der Welt waren vergessen beim Strahlen deiner Augen.

Den Fortgang der Geschichte kennst du.

Während ich dich nach Nazareth begleitete, Jesu Heimatort, einem armseligen Dorf mit Wohnhöhlen und einem umgebauten Kornspeicher, der als Synagoge diente, erzähltest du mir von ihm, dem Gekreuzigten, dem Gottessohn, dem Christus.

Er lebt, sagtest du, und ich lachte dich aus.

Ich habe in meinem Leben schon viele Tote gesehen und dieser war mausetot.

Doch du widersprachst.

„Nein, er lebt, ich habe ihn gesehen, zweimal und gefühlt sogar."

Mir blieb nichts anderes übrig, um die gefundene Zweisamkeit mit dir nicht zu verlieren, während wir durch die blühende Landschaft Galiläas zum See gingen, als deine Aussage so hinzunehmen und nicht mehr zu widersprechen.

Hätte ich weiter widersprochen, wärst du dann noch weiter mit mir gegangen?

Ich habe die Tage genossen, neben dir durch die Felder zu gehen oder unter Ölbäumen deinen Worten zu lauschen, die so viel Fremdes, Ungeheuerliches, noch nie Gehörtes ausdrückten.

Ich träumte von dieser besseren Welt, dort in Galiläa, dort mit dir, dort bei den Quellen am See und wünschte, diese Tage und Nächte würden nicht enden.

In Kapharnaum trafen wir dann viele von „seinen" Galiläern.

Es war allseits ein herzliches Wiedersehen, und viele wussten eine Geschichte von ihm zu erzählen, ein Wunder, ein Gleichnis, ein Erscheinen irgendwo am See.

Ich war froh und dankbar, dass du meine wahre Identität verbergen konntest, denn ich fürchtete, dass diese Fischer, Handwerker und Bauern trotz allem Gerede von „Liebet eure Feinde" mich in der Luft zerrissen hätten, hätten sie gewusst, welche Rolle ich bei seinem Tode gespielt habe.

Ich habe in diesen Tagen so vieles gehört und nicht verstanden. Es war wie in einer anderen Welt mit dir an meiner Seite.

Und dann habt ihr ein Mahl zusammen gefeiert im Gedenken an ihn.

Ohne mich.

Denn ich gehöre ja nicht dazu.

Ich bin ja noch nicht einmal beschnitten.

Deine Augen hatten wieder diese grenzenlose Traurigkeit, als du es mir sagtest. Deine Hand streichelte zart meine Wange, und ich fühle auch jetzt noch die Stelle, wo deine Berührung mich verbrannte.

Und ich spüre die Stelle in meinem Herzen.

Und ich bin gegangen.

Nachts werde ich wieder wach von seinem lautlosen Schrei.

Und ich sitze hier wieder unter einem neuen Kreuz, unter neuem Blut, unter neuen Qualen und Schmerzen und warte.

Warte ich wieder, weil ich hoffe, dass du dastehen wirst und mich verzauberst, Maria aus Magdala?

Warte ich auf ihn, auf seinen Schrei?

Jetzt ist alles wieder so, wie es war und wie es morgen wieder sein wird. Und beim Würfeln hatte ich heute kein Glück.

Wenn du dies gelesen hast, Maria aus Magdala, dann erfülle mir noch eine Bitte:

Wenn du ihn, den Gottessohn, noch einmal sehen solltest, dann frag ihn, ob etwas von seinen Wundern, seinen Lehren, seinem Königreich auch für einen römischen Soldaten aus dem fernen Gallien übrig ist.

Und sag ihm, ich werde ihm auch sein Gewand wiedergeben, kostenlos. Das schwöre ich bei seinem Gott, der mir hoffentlich meine Lüge dir gegenüber, dass ich es nicht mehr hätte, vergibt.

Nun leb wohl, Maria aus Magdala.

Hier unter den Kreuzen könnte mein Brief an dich Schaden nehmen, denn hier ist überall zu viel Blut und zu viel Tod.

Und ich würde doch so gerne leben.

Weitere Bücher des Autors:

Heinz-Josef van Ool:
Eine unmögliche Forderung
Roman.
Herstellung und Verlag: Books on Demand GmbH Norderstedt. ISBN 978-3-7357-5125-6

Ist Prophetie nur eine Erscheinung früher Jahrtausende der Zivilisationsgeschichte? Der Autor nähert sich in der Form eines Romans der faszinierenden Idee, dass Prophetie durchaus auch in unserer Zeit möglich sei.
Ein Reisender zu den heiligen Stätten des Juden- und Christentums wird auf die Spur des alttestamentarischen Propheten Amos gesetzt, um selbst vorbereitet zu werden für ein Wirken als Prophet in unserer Zeit.
Wie schon vor Tausenden von Jahren greift auch in unserer Zeit Gott direkt, diesmal aber in menschlicher Gestalt und erlebbar, in das Schicksal eines relativ unbedeutenden Menschen ein, um ihn mit der Aufgabe eines Propheten zu betrauen.
Seine Begegnungen mit Amos, einem der "kleinen Propheten" des Alten Testaments, um 800 vor Christi lebend, zeigen ihm, dass ein Prophet ein ganz normaler Mensch "wie du und ich" sein kann.
Auf überraschende Weise gehen die Geschehnisse in Gegenwart und Vergangenheit ineinander über und halten die Geschichte damit interessant und spannend bis zur letzten Seite.

Heinz-Josef van Ool:
und als es darauf ankam, schwieg Gott
Roman.
Herstellung und Verlag: Books on Demand GmbH Norderstedt. ISBN 978-3-7357-8100-0

Kann eine Reise nach Israel die Trauer um den Tod von Frau und Kind lindern?
Der Erzähler ist da mehr als skeptisch.
Trotzdem geht er das Risiko ein und lässt sich auf dieser Reise informieren, berühren, beeindrucken, erschüttern.
Eine Erscheinung am See Genezareth und eine neue Liebe bringen die Farben seines Lebens zurück.
Und selbst seine Ansicht, dass Gott schweigt, immer dann, wenn es darauf ankommt, wird hier im Heiligen Land relativiert.

In sich abgeschlossen, erzählt der neue Roman von Heinz-Josef van Ool doch eine Fortsetzungsgeschichte seines ersten Romans.
Diesmal wird Erzählung von vielen Textstellen aus der Bibel und Ansprachen dazu abgerundet.

Heinz-Josef van Ool
Albint
Eine moderne Interpretation des alttestamentlichen Buches Rut.
Reihe: Wissenschaft – Gesellschaft – Religion.
Verlag Dr. Dr. Uwe Hesse. Offenbach, 2004.
Paperback, A5. 96 S. 9,95 €.
ISBN 3-934594-27-1

Mit „Albint" hat der Autor eine Neuinterpretation des Buches Rut vorgelegt.
In der Gegenüberstellung von Versen des Buches Rut zu denen seines Buches „Albint" zeigt er Parallelen auf, die in einer Zeitdifferenz von mehr als 2.500 Jahren zueinander stehen und dennoch nachvollziehbar sind.
Eine moabitische Frau geht im Buch Rut nach Israel, im Buch Albint geht eine israelische Frau nach Palästina.
Wie im Buch Rut handelt es sich auch hier um eine Witwe, die zusammen mit ihrer Schwiegermutter in deren Heimat zieht.
Dort stößt sie zunächst auf Ablehnung. Wie die biblische Rut verliebt sich auch Albint in einen Mann aus dem anderen Lager.
Die „Verbrüderung" der verfeindeten Seiten findet ihre Krönung in der Geburt eines gemeinsamen Sohnes, den der Autor „Assalam" nennt, auf Deutsch „der Frieden".